희
망
수
업

희망은 눈물로 피는 꽃이다

희망 수업

서진규 지음

알에이치코리아

여 러 분 한 사 람 한 사 람 이
희 망 을 담 은 상 자 다

　1999년, 쉰을 넘긴 나이에 너무나도 뜻밖의 일이 내 인생에 찾아
왔다. 우연한 기회에 출연한 TV 프로그램이 화제가 되면서 하룻밤 사
이에 엄청난 유명세를 타기 시작했다. IMF 사태를 맞아 우리나라 국
민들 모두가 힘든 시기를 지나고 있을 때였다. 굴지의 대기업들이 부
도를 맞고 거의 모든 기업들이 구조 조정에 나서면서 수많은 사람들
이 거리로 내몰렸다.

　바로 그 시기에 생을 포기할 수 없어 무엇이라도 붙잡고 싶어 하
던 이들이 나의 보잘것없는 이야기에서 '지푸라기'를 발견한 것이었
다. 그렇게 내 인생의 2막이 시작되었다.

　내 생의 1막은 혼신을 다한 투쟁의 연속이었다. 끝없이 나를 몰아
붙이던 고난과 냉한 속에서 나는 두려움과 추위에 몸서리쳤고, 슬픔

과 좌절에 눈물을 쏟았으며, 분노와 오기에 치를 떨며 울부짖었다. 하지만 포기하지 않았다. 솟구치는 눈물을 손등으로 훔치며 이를 악물고 내달렸다. 그리고 마침내 등대의 불빛처럼 나를 인도하던 꿈이 비로소 현실로 다가왔다. 그것이 쓰든 달든, 지난 경험은 단 한 가지도 버릴 것이 없다는 진리를 깨달았다. 내가 지나 온 반세기 동안의 고통과 싸움이 내 인생 2막의 튼튼한 지반이 되어 주었던 것이다.

2막이 시작된 1999년 이후, 나는 국내외에서 2,200회 이상의 강연을 했고 이 책과 영문판을 포함해 여섯 권의 책을 펴냈다. 너무나 고맙게도 내 책은 수많은 독자와 호흡을 했고, 강연장은 항상 청중들로 넘쳐났다. 그러면서 수많은 사람들의 삶이 내 일상과 얽히고설키기 시작했다. 내게도 '팬'이 생긴 것이다.

팬들과 많은 것을 나누는 동안 나 자신에게도 엄청난 변화가 찾아왔다. 쉰아홉이라는 나이에 세계 최고의 대학교인 하버드에서 박사 학위를 받았다. 그 과정에서 10년 넘게 나를 괴롭혔던 C형 간염을 극복할 수 있었다. 간암으로 전이될 수 있다는 병마를 이겨 낼 수 있었던 것은 모두 청중과 독자들께서 내게 보내 주었던 성원과 응원 덕분이었다.

내가 약해지려 할 때마다 그들은 자신들의 삶을 내게 들려주며 차마 피할 수 없는 책임을 내게 던져 주었다. 뜻밖에도 그 책임은 내가 살아가는 또 다른 희망이 되었다. 동시에 지난 15년여 세월 동안 강연장에서 만난 이들이 들려준 이야기와, 청중과 독자들이 보내온 편지는 쉽게 거둘 수 없는 해묵은 숙제를 안겨 주었다.

이 책《희망 수업》은 그들의 이야기와 편지에서 시작되었다. 나는 지난 15년여 동안 팬들이 내게 보내온 편지들을 상자에 차곡차곡 모아 두었는데, 짐을 정리하다 보니 편지 상자가 어느새 여섯 개로 늘어나 있었다. 편지를 받았을 당시에도 그랬지만, 최근 들어 손에 잡히는 대로 편지를 꺼내 읽는 동안 또 다시 절절한 아픔과 뭉클한 감동에 취하고 말았다. 편지를 보낸 분들 대부분이 고통스러운 삶을 숙명처럼 받아들이고 살아 왔거나 갑자기 힘든 상황에 처해 절망과 고통의 시간을 보내고 있었다. 하지만 그들은 내 책을 읽고, 또 강연장에 찾아와서 내 이야기를 듣고는 오래전 잃어버린 희망을 다시 찾았노라고 말하고 있었다. 그들 중 많은 사람이 자신이 발견한 희망의 빛을 따라 걸어갔고, 스스로 '희망의 증거'를 만들어 가고 있었다.

그 편지들을 읽으며 나는 다시 한 번 깨달았다. 희망을 찾으려는 그들의 염원과 몸짓이 지난 15년 동안 나를 이곳까지 이끌어 왔다고……. 그래서 나는 편지가 가득 차 있는 그 여섯 개의 상자에 '희망 상자'라는 이름을 붙여 주었다. 생각해 보니, 내게 편지를 보내면서 다시 희망을 향해 걸어간 그 한 사람 한 사람이 모두 희망 상자였다.

그제야 나는 해묵은 숙제를 해결하기 위해 다시 펜을 들었다. 텅 빈 페이지에 많은 사람들이 안고 있는 고뇌와 두려움과 좌절과 외로움을, 그리고 그 암흑과 같은 세월 속에서도 희망을 포기하지 않았던 사람들의 용기와 의지를 채워 넣었다. 또한 내게 던져진 질문과, 그들이 자기 자신에게 던졌던 질문들에 맹자와 한석봉의 엄마가 된 심정으로 무언가 도움이 될 만한 답을 써 내려가기 시작했다. 물론 내가 그 모든 질문들에 답할 수 없다는 사실은 어느 누구보다도 내가 더 잘 알고 있다. 그래도 반세기 동안 한 사람의 시간에 여럿의 삶을 살며 터득했던 내 나름의 철학과 비결들이 조금이나마 도움이 되리라 확신하기에 나는 지금 이 시간 컴퓨터와 마주하고 있다.

한 가지 고백할 것이 있다. 달달하고 말랑말랑한 위로의 한마디를 기대하고서 이 책을 펼친다면 적잖이 실망할지도 모른다는 점이다.

"자식을 강하게 키우려면 부모가 강해져야 한다."

딸 성아를 키운 과정과 결과를 담은 책《희망은 또 다른 희망을 낳는다》에서, 그리고 강연을 통해서 내가 항상 강조해 오던 말이다. 그러한 부모의 심정으로, 자식이 진정 강한 사람이 되기를 바라는 독한 마음으로 글을 썼기 때문에 어떤 이들은 나의 글을 읽으면서 당혹스러움과 불편함을 느낄지도 모른다. 하지만 내게 편지를 썼던 이들의 사연과 이유를 들여다본다면, 그리고 스스로를 도와 보다 큰 성공과 행복을 얻고 싶다면 이 책에 담긴 글들은 쓰지만 보약이 될 것임을 기억하기 바란다.

마실 것인지 버릴 것인지, 물론 선택은 당신의 몫이다.

차 례

1부

나를 위한 희생,
그것은
희망을 담는 그릇

2부

희망은
절대
멈추지 않는다

3부

희망을
나누는
세상

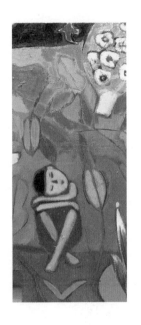

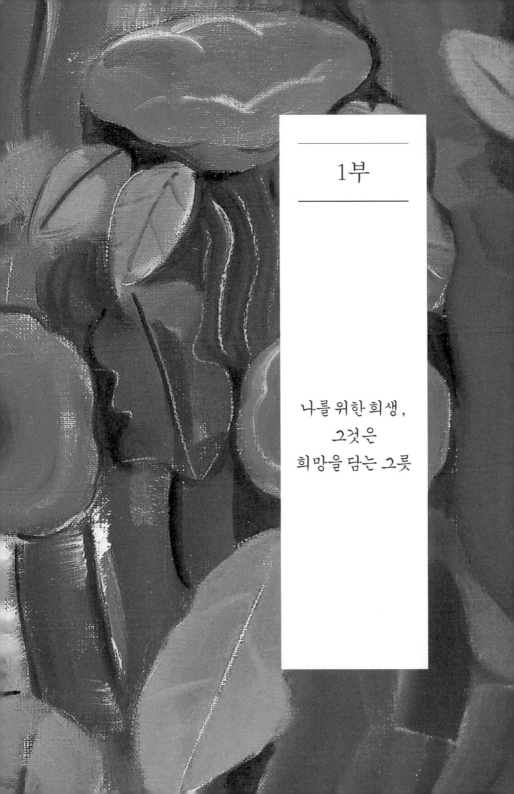

1부

나를 위한 희생,
그것은
희망을 담는 그릇

생명(生命)이야말로
희망의 증거다

살아 있어야
울 수도 있다

　　그녀는 울고 있었다. 내 가슴팍에 안겨 어깨를 들썩이고 있었다. 청중들도, 그리고 나도 가만히 숨죽인 채 영원히 끝나지 않을 것 같은 그녀의 울음소리에 귀 기울였다.

　　나는 그만 삶을 끝내고 싶다는 말을 종종 접하고는 한다. 그런 말들은 대개 지면을 통해서 전해져 온다. 편지지를 펼치면 거기에는 때때로 죽음을 생각하고 있다거나 독한 각오를 여러 번 했다는 내용이 적혀 있다.

　　하지만 내 강연회에 찾아와서 "죽고 싶다"고 말하는 이는 거의 없다. 삶의 무게를 견디지 못해 죽고 싶다는 말을 하는 절절함은 전자나 후자나 마찬가지이고, 그 이유도 크게 다르지 않을 것이다. 그렇지만 처음 보는 사람 앞에서 죽고 싶다고 고백하는 것은 아무래도 쉽지 않을 것이다. 그래서 사람들은 내게 보내는 긴 편지 속에 자신의 그러한 마음을 슬쩍 끼워 넣고는 한다. 그 고백 속에는 이미 상상 속에서나마 자신을 몇 번이고 죽인 사람의 비장함이 스며 있다.

생경한 얼굴의 그녀……. 나는 그녀의 들썩이는 어깨를 보듬으며 어느덧 자주 죽음을 생각하던 젊은 시절의 나로 돌아갔다. 아니, 나는 장년을 넘긴 후에도 종종 죽음을 떠올리고는 했다. 젊었을 때와 어느 정도 나이를 먹은 이후의 내가 죽음을 떠올린 이유는 달랐지만, 그 마음으로 들어가 보면 본질적인 이유는 크게 다르지 않았다. 지독한 현실에 무너지고 나약한 나 자신과 마주할 때 '그냥 이쯤에서 그만둘까?' 하는 물음이 자연스럽게 내 머릿속으로 파고들고는 했다. 죽으면 모든 것이 끝난다, 이 고통 역시 영원히 사라질 것이다……. 때로는 살아가는 것보다 죽는 것이 훨씬 더 간단하게 느껴진다.

두 시간여의 강연을 마친 뒤 청중들을 안아 주었을 때(나는 나를 찾아오는 청중들을 일일이 안아 주는 습관이 있다), 긴 줄의 중간쯤에 서 있던 그녀는 내게 안기자마자 울음을 터뜨렸다. 그녀가 울고 있다는 사실을 알아차리지 못한 이들이 뒤에서 재촉했다. 나는 그들을 향해 미소를 지으며 손가락으로 입에 빗장을 걸었다. 그제야 무언가 이상하다는 걸 알아차린 뒷줄의 사람들도 숙연한 표정을 지었다. 그녀가 입을 연 것은 그러고도 한참 지난 뒤였다.

"얼마 전에 남편이 갑자기 죽었습니다. 박사님과 다르게 저는 아주 부유한 집안에서 자랐고 학교도 대학교까지 아무 걱정 없이 마쳤습니다. 남편도 흔히 말하는 대기업에서 일했습니다. 그런데 얼마 전 남편이 갑작스럽게 세상을 떠났습니다. 저는 단 한 번도 이런 일을 상상하지 못했습니다. 작지만 집도 있고 얼마간 저축해 놓은 것도 있지만 두 아이가 성년으로 자라 대학을 마칠 때까지는 너무 부족합니다. 앞으로 어떻게 살아야 할지 막막합니다. 무엇보다 아빠도 없이 어린 아이들을 키울 생각을 하면 숨이 막힙니다. 저축한 돈은 그 전에 떨어질 것이 분명하고 저는 대학 졸업 후 지금까지 경제 활동을 단 한 번도 한 적이 없거든요. 그렇다고 이 나이에 부모나 형제에게 손을 벌리고 싶지는 않고, 그래서 ……."

마치 댐이 터진 듯 급하게 말을 쏟아내던 그녀는 갑자기 이야기를 멈추었다. 잠시 그쳤던 울음이 다시 터져 나오려는 것을 애써 참고 있었다.

"……그래서, 그래서 저는 아이들과 함께 죽자는 생각을 했습니다. 사실 바로 이 강연장에 오기 전까지 두 아이와 함께 죽겠다는 결심을 굳혔습니다. 하지만 선생님의 강연을 듣고…… 다시 살아야겠다는 생각이 들었어요. 선생님이 그러셨듯이 저도 살아서 우리 아이들이 꿈을 꾸고 희망을 갖도록 제 혼신을 다해야겠다는 결심이 섰어요. 선생님, 저도 할 수 있겠죠? 그럴 수 있겠죠?"

그녀의 울음이 조금씩 가늘어졌다. 장마의 공기처럼 축축한 슬픔이 감돌았다. 뒷줄의 어느 누구도 그녀의 울음을 막지 않았다. 막는다고 멈출 눈물이 아니라는 것을 그들도 알고 있었다.

따지고 보면 그녀가 맞닥뜨린 현실이 죽음을 결심할 만큼 고통스러운 것은 아닐지도 모른다. 그녀보다 훨씬 힘든 현실 앞에서도 꿋꿋하게 살아가는 이들이 많다. 그래서 어떤 이는 그녀에게 '집도 있고 저축도 있는데 뭐 그리 엄살을 떠느냐?'고 따지듯이 묻기도 할 것이다. 그러나 사람의 인생이 제각각이듯 그녀에게 닥친 현실은 그녀에게 더없이 암담하고 무거운 것이었을 게다. 그날 나는 아무런 말도 하지 않았다. 그저 그녀가 다 울고 스스로 생각을 정리한 뒤 내 품에서 떠날 때까지 잠자코 있었다.

그간 나는 강연회를 통해 누누이 말해 왔다. 자신만의 경제력을 갖추라고. 경제적인 부분이 누군가에게 종속되면 생각마저도 종속되고, 결국 자신만의 판단, 자신만의 고집을 다시 찾기 쉽지 않을 것이라고.

지금 당장 경제적인 능력을 갖추지 못했다고 해서 좌절해서는 안 된다. 사람은 누구나 자기만의 장점이 있고 자신만의 무기가 있다. 단지 아직 찾지 못했을 뿐이다. 물론 자신의 장점과 무기를 발견한다는 것이 그리 쉽지는 않다. 나이가 많을수록 더욱 그렇다. 그러나 그 과정이 막막하다고 해서 해 보지도 않고 주저앉아서는 안 된다.

나는 서른 살이 다 되어 군에 입대했다. 아이가 하나 있었고, 한 아이는 그만 유산을 한 상태였다. 그리고 오십이 다 되어 박사 과정에 도전했다. 하나를 외우면 셋을 까먹는 나이였고 실제로도 그랬다. 과정은 고통을 동반한다. 한계에 부딪힐 때마다 나 자신을 윽박지르고 화를 내고 다시 다독이고 그것도 아니면 울어 버렸다. 분하고 한심했다.

아무도 일으켜 주지 않는다. 세상은 그리 다정한 곳이 아니다. 특히 약자에게는 더욱 매정한 곳이 세상이다. 스스로 일어나고 당당해져야 비로소 세상도 당신에게 관대해질 것이다.

당신에게는 생명이 있다. 때문에 존엄하다. 생명(生命)은 자신의 생(生)을 영위하라는 자연의 명(命)이다. 자신뿐 아니라 자신의 자식까지 그 자연의 명령에 위배되는 길로 인도할 생각은 하지 말라. 당신에게 당신의 삶이 있듯, 당신의 자식들에게도 주어진 삶이 있다. 그 엄청난 에너지, 그 무궁무진한 가능성을 섣불리 닫지 말라. 차라리 겁에 질려라. 다만 한 걸음씩 세상을 향해 자신을 디밀어라. 아프고 무섭겠지만 그러면서 조금씩 세상과 친해지는 것이다.

괴로워 말라.
부름이 크면
대답도 큰 법이다

희망은…
눈물로 피는
꽃이다

뿌리는 흔들릴수록
더 깊게 내린다

지금도 그렇지만, 나는 어릴 때부터 동화를 좋아했다. 하지만 동화라고 해서 무조건 해피엔딩으로 끝나는 이야기를 좋아했던 것은 아니다. 기쁘든 슬프든 감동적인 이야기라면 두고두고 가슴에 간직했다.

언젠가 인터뷰를 하는데 상대방이 나에게 가장 감명 깊게 읽은 책을 물은 적이 있다. 내 대답은 어린 시절에 읽었던 "어사 박문수"였다. 질문을 던진 사람이 웃음을 빵 터뜨렸다. 너무 소박했나? 하지만 상관없다. 나는 지금껏 내가 느낀 대로 행동했고 솔직하게 살아왔다.

사실 《어사 박문수》는 동화가 아니다. 이런 책을 위인전이라고 할 거다. 하지만 박문수의 이야기에는 동화적 요소가 가득했다. 약자를 돌보는 이, 세상의 불평등에 맞서는 이……, 나 역시 그런 사람이 되겠다는 꿈을 키웠다. 그러나 그런 꿈을 꾸는 내가 마냥 좋았던 것은 아니다. 때로는 이 세상에서 내가 가장 싫었다. 가진 것이라고는 아무것도 없이 태어난 내가 남을 도울 꿈을 꾸다니, 시작부터 벅찬 인생이었다. 때문에 그 꿈을 키워 나가기 위해 나는 독한 사람이 되어야 했고, 적지 않은 것을 포기해야 했다.

내게는 아버지와 어머니, 형제들이 있었다. 밉든 곱든 그들은 내 가족이었고 같이 울고 웃을 수 있는 더없이 소중한 존재였다. 가난했지만 내 앞길을 가로막는 존재는 아니었다. 그리고 보면 나는 운이 없는 편이 아니었다. 독하고 강해질 수 있게 키워 준 어머니가 있었고, 경제적으로는 무능했지만 항상 미소를 보여 주던 아버지가 있었다.

사람들은 종종 자신의 인생이 아주 특별하다고 생각한다. 나도 그랬다. 그게 나쁜 것은 아니다. 스스로 특별하다고 여겨질 때 사람은 더욱 나아지기 위해 노력하고 없는 힘도 내려고 용을 쓴다.

나는 오십이 넘어 수많은 사람들의 인생을 들여다보기 시작했다. 그러면서 이 세상에는 나와 비슷한 조건과 환경 속에서 살아온 사람이 무수히 많다는 사실을 알 수 있었다. 그리고 때로는 나보다 못한 상황을 이겨 낸 사람을 만났다. 그들의 인생 이야기를 듣고 있자면 한 편의 동화를 보는 듯했다. 잔혹동화! 슬프다 못해 잔혹하기까지 했던 그들의 인생 앞에서 나는 그저 묵묵히 귀를 기울일 수밖에 없었다.

그런 상황 속에서도 참 다들 포기하지 않고 살아왔구나 하는 생각이 들어 경외감마저 들었고, 그렇기에 그들의 삶은 감동적이었다.

내게 글을 써서 보낸 그녀의 나이는 지천명, 오십을 넘어 있었다. 경상북도 상주의 어느 작은 마을에서 태어난 그녀는 친어머니 손에서 자라지 못했다. 그녀의 어머니는 둘째를 뱃속에 담은 채 남편의 폭력을 못 이겨 집을 나섰다. 그녀는 너무나도 힘겨운 삶을 일찍 알아 버렸다.

초등학교 1학년을 마치기가 무섭게 그녀는 부산의 한 집에 식모로 들어갔다. 그녀가 주인집에서 한 일은 아편 배달이었다. 아홉 살 소녀는 그것이 무엇인지 몰랐지만 그녀는 그 일로 형사에게 붙잡혀 수감되기도 했다. 그녀는 보호 시설에서 어깨 너머로 한글을 깨쳤다. 그나마 1년 동안 학교를 다니면서 자음과 모음을 익혀 둔 것이 도움이 되었다.

열여섯 살이 되던 해 그녀는 주인집에서 나와 서울로 도망쳤다. 사람들을 만나면 초등학교를 1년밖에 다니지 못했다는 말이 차마 입 밖에 나오지 않았다. 그래서 돈이 모이면 공부를 하자고 굳게 결심했다.

혼기가 차서 이웃집 아주머니의 중매로 결혼을 했다. 하지만 결혼은 최악이었다. 그녀의 남편은 술과 폭력을 일삼는 사람이었다. 결국 그녀는 집을 나왔다. 집에는 딸이 셋 있었다. 그녀는 파출부를 해서 돈을 모아 포장마차를 차렸다. 그리고 딸들을 데리고 왔다.

남편이라는 사람은 그동안 아이들을 학교에도 보내지 않은 상태였다. 그녀가 아이들을 맡은 후에도 남편의 괴롭힘은 쉬 끝나지 않았다. 술에 취한 채 아이들의 학교로 찾아가서 난장판을 만들고는 했다.

그래도 어렵게나마 딸 셋 모두를 고등학교까지 졸업시켰다. 큰딸은 여군 하사관이 되었고 학업을 이어 야간 대학교까지 진학했다. 둘째 딸은 상업고등학교를 졸업해 직장에 다니고, 막내는 전문대학에 들어갔다. 그중 둘째 딸은 미국에 가서 살고 싶어 했다.

내게 편지를 보내기 얼마 전 그녀는 암 수술을 받았다고 했다. 오십 해가 넘는 동안의 그 힘겨운 삶이 그녀의 몸속에 독을 만들었던 것일까. 그녀는 지쳐 있었다. 그럼에도 그녀는 한시도 딸들의 미래에 대한 걱정을 버리지 못하고 있었다. 내게 더듬더듬 글을 써서 보낸 이유도 어떻게 하면 딸들에게 조금이라도 보탬이 될지 조언을 구하기 위해서였다.

내가 의사라면, 병을 고치는 이였다면 무조건 휴식을 취하라고 권했을 것이다. 하지만 비슷한 시기를 살아온 사람으로서 나는 무작정 그녀의 손을 잡아 주고 싶었다. 그리고 그녀의 등을 쓰다듬어 주고 싶었다.

그녀는 단 한 번도 자신의 상황에서 도망친 적이 없었다. 아홉 살, 그 어린 나이에 세상에 뛰어들어 자기 앞에 주어진 그 만만치 않은 인생을 홀로 온전히 살아 냈다. 그녀의 세 딸은 그 힘들고 고통스러운 상황을 버틸 수 있게 해 준 힘이었다. 딸들에게는 자신과 같은 삶을 물려주지 않겠다는 의지가 그녀를 지금껏 견디게 해 온 원동력이었다. 그래서 오히려 딸들이 고맙다고 했다. 암에 걸려 앞 날을 기약하기 힘든 상황에서도 그녀는 딸들에게 해 줄 수 있는 마 지막 무언가를 찾고 있었다.

어떤 이는 이렇게 말할지도 모른다. 그녀가 보여 준 행동은 한 사람의 어머니로서 당연한 것 아니냐고. 뭘 모르는 소리. 폭력, 그것 도 편안한 보금자리가 되어야 할 가정이라는 공간에서 일어나는 폭 력을 당해 보지 않은 사람은 그녀가 지나온 고통의 시간을 감히 상 상할 수 없다. 그 폭력의 순간마다 그녀는 세상에서 가장 외로운 사 람이었을 것이다.

차라리 자신이라는 존재를 지워 버리고 싶다는 생각이 하루에도 수십 번씩 들끓었을 것이다. 그런 상황을 줄기차게 당하게 되면 인 간인 이상 도망치고 싶은 것이 본능이다. 그리고 그녀 역시 도망쳤 다. 하지만 그녀는 자신이 살기 위해 도망친 것이 아니라, 딸들을 온전하게 키울 보금자리를 마련하기 위해 도망쳤다.

뿌리는 가지가 흔들릴수록 땅속 깊이 박힌다 했다. 그녀는 튼튼 한 뿌리였다. 그리고 앞으로도 여전히 단단한 뿌리일 것이다. 그녀 의 딸들에 의해 이 세상에 더욱 깊숙이 박힐 것이다.

그러니 걱정하지 마시라. 당신을 바라보며 살아온 딸들이라면 그 누구보다 강할 것이다. 또한 이 세상 누구보다도 당신을 사랑할 것이다. 그러니 지금은 자신만을 위해 살아야 할 시간이다.

부디 건강을 찾으시라. 그 암흑 같은 상황에서도 꿋꿋이 버텨 온

당신 아니던가. 고작 한 줌 암 덩어리에 지지 마시라. 내가 응원하
고 당신의 딸들이 기도할 것이다. 당신은 이미 수많은 희망의 증거
를 보여 주었지만, 아직 하나 더 보여 주어야 한다.

그것은 바로 당신의 생명이다.

후회 없는
인생은 없다

어느 날 죽음을 맞이한 세 명의 남
자가 옥황상제에게 불려갔다. 그들 세 사람은 모두 전생에 훌륭한
인생을 살았다. 남에게 해를 입힌 적이 없었고 가족과 사회를 위해
희생한 군자들이었다. 그렇기에 특별히 불려간 것이었다. 옥황상제
가 첫 번째 남자를 불렀다.

"그대는 다음 생에 어떤 삶을 살고 싶은가?"

"큰 상인이 되고 싶습니다. 그래서 국가를 더욱 윤택하게 만들고
국민들의 삶을 보살피고 싶습니다."

"음, 그렇게 하라."

두 번째 남자가 나왔다.

"그대는 어떻게 살고 싶은가?"

"권력자가 되고 싶습니다. 권력자가 되어 제대로 된 정치를 펼치고 싶습니다."

"좋을 대로 하라!"

첫 번째, 두 번째 남자는 그 즉시 좋은 집안에 다시 태어났다. 엄청난 부와 정치권력을 약속받은 뒤였다. 이윽고 세 번째 남자가 나왔다.

"그대는 어떻게 살고 싶은가?"

"예, 저는 돈도 권력도 필요 없습니다. 그런 것에 휘둘리지 않는 삶을 원합니다. 그리고 만족할 때까지 공부를 할 수 있으면 좋겠고요. 그저 가족들 건사할 만큼의 땅과 집 한 채 있으면 만족합니다. 그리고 일을 마친 후에는 뒤뜰 정원에 나가 친구들과 더불어 술 한 잔에 시나 지으며 살 수 있으면 충분합니다."

"안 된다. 불가능하다!"

남자는 당황했다. 옥황상제가 너무도 단호했기 때문이다.

"왜 그러십니까? 저는 앞선 사람들처럼 권력이나 재력을 요구하지도 않았잖습니까?"

"그래서 어렵다는 것이다. 그 모든 것에 휘둘리지 않는 자리, 그러면서도 가족과 친구들과 유유자적할 수 있는 인생이 어디에 있겠는가? 그런 자리가 있다면 내가 가겠다."

그렇다. 세상사 고민 없고 의식주 걱정 없는 인생…… 누구나 한 번쯤 꿈꾸지만 그렇게 사는 사람은 없다.

사람들은 내게 "지금 박사님은 만족스러운 인생을 살고 계시지 않습니까"라고 묻고는 한다. 그 자리에서는 아니라고 말하기가 힘들다. 그렇지만 나 역시 후회가 많고, 기회만 주어진다면 다시 생을 꾸려 보고 싶다.

일단 나는 너무도 힘들었다. 모두 지난 일이니 추억이라고 말할 수 있지만, 그 시절로 다시 돌아가라고 한다면 생각하는 것만으로도 몸서리쳐진다. 좀 더 평범한 가정에서 무난하게 살았더라면 얼마나 좋았을까. 물론 나의 아이들인 성아와 성욱이는 반드시 다시 만나고 싶다. 그런 인생의 보물을 누구에게 빼앗기랴. 그리고 나를 존중해 주는 남자를 만나고 싶다. 한순간에 확 끌리는 남자를 만나더라도 좀 더 심사숙고해서 우선은 반듯하고 나를 이해해 주는 남자를 만나고 싶다. 그리고 아이들과 오순도순 행복하게 살고 싶다. 가족만의 여행도 다니고, 영화도 보고, 꿈을 공유하면서 살고 싶다. 그런 삶이 주어지면 좋겠다. 물론 하나님이 내게 그런 인생을 허락해 주어야 하는데, 아마도 위 이야기 속의 옥황상제처럼 화를 내실 게 분명하다. 그 어느 누구도 그처럼 평온하고 무난한 삶을 살지는 못할 것이다.

그는 마흔네 살, 이삿짐센터에서 일하는 노동자다. 그는 버려진 이삿짐 속에서 내가 쓴 책을 발견하고는 단숨에 다 읽었다고 했다.

"책 제목부터 눈에 확 들어왔습니다. 늘 희망에 목말라 했고 지금도 역시 목마르기 때문입니다. 하지만 서진규 씨와 저의 격차는 이 세계와 저 세계의 거리인 것 같습니다. 서진규 씨는 벽을 깨고 나아가셨지만, 저는 벽을 허물지 못한 나약한 사람이기 때문입니다."

그는 파주에서 태어났고, 아버지는 이북 출신의 실향민이다. 2남 2녀 중 장남이다. 부모 모두 배움이 없는 분들이어서인지 자식 교육에는 관심이 없었다.

"저의 최종 학력은 중졸입니다. 부모님은 책 한 권 사 줄 줄 모르는 분들이셨습니다. 아버지는 노름에 빠져 지냈고, 술주정이 심했습니다. 어머니 역시 아버지한테 질세라 비슷하게 사셨습니다. 누가 보더라도 정상적인 가정환경은 아니었습니다. 어릴 때의 기억 중에서 가장 몸서리쳐지는 것은 아버지께서 술을 드시고 밤늦게 귀가하여 어머니와 싸우시는 것이었습니다. 저는 이불 속에서 쥐 죽은 듯 자는 척만 했습니다."

다 자란 그는 이 공장에서 저 공장으로, 이 공사판에서 저 공사판으로 떠돌았다. 결혼은 하지 않았다.

"저는 지금도 벽에 갇혀서 어떻게 하면 이 벽을 깨고 제가 원하는 시간을 보낼 수 있을까 궁리합니다. 하지만 아쉽게도 시간은 점점 그 희망을 꺾어 갑니다. 육체와 정신이 따라 주지 않기 때문이죠. 지금까지 독서도 해 보고 독학으로 공부도 해 보고 열심히 노력했지만 아무것도 손에 쥔 것이 없습니다. 이제는 초라한 인생 실패자가 되는구나, 실패자는 이렇게 해서 만들어지는구나 하는 생각이 듭니다. 나의 어릴 적 푸른 꿈들은 다 어디로 갔을까요? 끝까지 펜을 놓지 않겠다는 결심과 약속은 어디로 사라졌을까요? 인생 실패자의 끄트머리에 서 있는 것 같습니다."

그렇지 않다. 44세면 아직 청춘이다. 그리고 왜 내가 쓴 책을 읽었는가? 왜 내게 편지를 보냈는가? 당신은 스스로 실패자가 되고 싶지 않기 때문이다. 정말 가망이 없는 사람은 후회조차 하지 않는다. 그리고 마찬가지로 후회만 해서는 아무것도 손에 쥘 수 없다. 온 가족을 건사하면서도 46세에 검정고시 공부를 시작해 7년 만에 끝낸 사람도 있다. 그녀는 하루에 4시간 이상 자 본 적이 없다고 했다. 그렇지만 당신은 딸린 식구도 없다. 후회만 하지 말고 의지를 태워라. 내 책은 양념이다. 본 재료는 다른 책이어야 한다. 다른 직업을 갖게 하는 책이든 학식을 높여 주는 책이든 당신이 정한 목적지에 가까이 가도록 만들어 줄 책을 펼치라. 할 수 있다. 비록 당신의 삶이 성공적이지는 않았지만 어찌했든 지금까지 포기하지 않고 살아왔지 않은가. 그 지점에 분명 당신만의 장점이 있다.

오랜 시간 동안 남들보다 불행한 인생을 살았다고 생각하는 사람들도 다시 생각해 볼 일이다. 실패를 겪은 것도 자신, 희망을 부르는 것도 바로 자기 자신이라는 것을 잊지 말아야 한다.

돌아갈 수 없다면
앞으로 가야 한다

실패를 피하는 방법은 지금까지 실패할 수밖에 없었던 삶의 방식을 뜯어고치는 것이다. 줄곧 실패만 해 왔던 당신은 실패를 부르는 패턴을 너무도 잘 알기에 어떻게 해야 실패하지 않는지도 잘 알 것이다. 하루, 그리고 또 하루가 이어져서 우리의 일상을 만든다. 일상을 무시하지 말라. 일상을 보내는 패턴이 실패와 성공을 좌우한다.

그리고 후회가 길어지면 좋지 않다. 지금까지의 노력이 모두 헛수고가 된 채 결국 실패한다 하더라도 그것을 이겨 내고 앞으로 나아갈 방법을 찾아야 한다.

이제 서른을 바라보는 그녀는 근 10년 동안 부산의 한 대학교에서 영문학을 전공했고 박사 과정을 밟고 있다. 그녀의 후회는 그녀

실패를 겪는 것도
희망을 찾는 것도 자신이다

의 전공에 있었다. 애초에 그녀는 사회복지학과에 가는 것이 꿈이었다. 그리고 명문대에 입학할 실력도 되었다. 그러나 유복한 집안에서 자라지 못했기에 장학금을 받을 수 있는 대학교의 영문학과로 진학했다. 그 모든 것이 그녀의 아버지가 결정한 것이었다. 대학교 1학년일 때 아버지가 세상을 떠났다. 그녀는 이후 과 수석으로 졸업하고 전액 장학금을 받는 조건으로 동 대학교의 대학원에 진학했다.

"달리 취업 준비를 하지 못해서 별 생각 없이 대학원에 진학하게 되었습니다. 학부 때의 좋은 성적 덕분에 등록금은 여전히 전액 장학금으로 대신할 수 있었습니다. 그러나 전공에 대한 회의는 계속 일어났습니다. 사실 석사 진학할 때 부산을 벗어나 서울로 가고 싶었지만 서울로 가기에는 제 여건이 턱없이 부족했습니다. 박사 과정을 시작하면서도 장학금 때문에 이 학교에 주저앉아 버렸습니다. 서너 건이 넘는 과외 아르바이트를 하고, 낮에는 꼬박 학교 부설 기관인 번역 지원 센터에서 보내야 하고, 수업 준비에다 프레젠테이션에다 페이퍼까지 준비하려면 항상 시간이 빠듯합니다. 정말 정신 없는 나날의 연속입니다."

그녀가 당장 하고 싶은 것은 비평이다. 그러나 현재 다니는 대학교에는 비평을 전공한 교수가 없다. 결국 학업을 이어가려면 국내의 다른 대학이나 해외로 유학을 가야 한다. 그런데 그녀는 유학을 갈 자신이 없다. 애초에 전공하고 싶었던 학과도 아니고 그간 서울로 진입하는 것도 망설였던 과거 때문에 자신을 믿을 수 없는 것이다.

일단 첫 번째 문제부터 풀어 보자. 당신은 원하지 않았던 학문을 전공하면서도 과 수석을 했다. 비록 당신이 원하지는 않았지만 당신이 영문학에 재능이 있다는 증거다.

그리고 당신은 서울의 대학으로 옮기지 못했고 해외 유학도 망설이고 있다. 하지만 지금까지 머물러 있던 공간을 떠나지 않으면 지난 10여 년의 공부는 모두 모래성이 되고 만다. 결론부터 말하자면, 당신은 실패한 인생을 산 것이 아니다. 하지만 실패를 목전에 두고 있다. 전공은 별개의 문제다. 당신은 타인의 의지에 끌려 다녔다. 그동안 공부를 하지 않은 것은 아니지만, 당면한 현실 앞에서 자발적으로 벽을 허물 자신이 없다.

당신이 지금 느끼는 회의와 패배감은 당신이 우유부단한 성격을 고치지 못했기 때문이다. 상황에 끌려가서는 도약할 수 없다. 당신의 표현처럼 우물 안 개구리로 남을 뿐이다. 도약할 수 있는 지점, 즉 도약대를 만드는 것은 당신의 선택이다. 만약 해외로 나갈 유학 비용을 만들 방법이 없다면 우선은 지금 다니는 대학보다 규모가 크고 폭넓은 연구를 할 수 있는 국내의 다른 대학교에 시험을 쳐라. 그리고 뭉그적거리지 말고 자리에서 일어나 그곳으로 가라. 10년을 망설이면서도 공부를 했다. 그리고 실적도 냈다. 돌아갈 수 없다. 다시 고등학교 3학년으로 돌아갈 방법은 없다. 지금까지 공부한 것을 바탕으로 앞길을 찾는 것이 당신이 가야 할 유일한 길이다.

지금까지의 방식을 고치지 않는다면 당신은 또 후회할 것이다. 지금으로부터 10년 후 당신은 분명 '아! 그때 이곳을 벗어나야 했어. 되든 안 되든 부딪쳐 봐야 했어.'라고 말할 것이다. 일상을 고쳐라. 당신의 생각과 생활을 전면적으로 바꿔야 한다. 선택을 할 때는 삶 전체를 걸어야 한다. 단지 살아남기 위해서 목숨을 거는 사람들도 있다. 그래도 살아질까 말까 한 것이 어른이라는 존재의 삶이다.

희망은
눈물로 피는 꽃이다

그녀는 신문 배달과 편의점 아르바이트를 하며 꿈을 키우는 여고생이었다. 어머니는 부부간의 갈등으로 집을 떠났고, 그녀는 이른 나이부터 일을 하며 병든 아버지와 여동생을 부양해야 했다. 그러나 공부를 멈추지 않았다.

나는 책에서나 강연회에서나 스무 살이 넘으면 자신의 일은 자신이 처리할 수 있는 청년이 되기를 강조하지만 그녀는 좀 특별했다. 그녀는 자신의 학비는 물론 집안 살림까지 짊어지고 있었다. 때문에 늘 미래에 대한 의구심에 짓눌려 있었다.

그녀가 내게 편지를 보낸 것이 그즈음이었다. 편지에는 추운 겨울 새벽에 신문을 돌리다가 갑자기 너무나 서러워져서 모든 걸 포기하고 싶었다는 내용이 담겨 있었다. 그 모습이 손에 잡힐 듯 선명하게 떠올라 가슴이 먹먹해졌다. 그래서 좀처럼 하지 않는 답장을 보냈다. 당시 나도 힘든 시간을 보내고 있었다. 박사 학위를 준비하는 중 C형 간염 판정을 받았지만, 그렇다고 해서 요청이 들어오는 강연을 마다할 수도 없는 곤란하고 피곤한 상황이었다.

나는 좋은 말만 하는 사람이 아니다. 그리고 에둘러 표현하는 것도 서툴다. 그녀에게 삶은 당연히 힘들며 아무나 이겨 나갈 수 있는 인생이라면 그 많은 사람이 왜 그렇게 힘들게 살겠느냐고 되물었다. 그리고 확신을 가지고 사는 사람 또한 없다고 말했다. 그러니 더 힘을 내야 한다고……. 그녀와 나는 짧은 기간 동안 서로 이메일을 주고받았다. 그리고 언젠가부터 연락이 뜸해졌다.

1년여가 지난 어느 날 다시 그녀로부터 이메일이 왔다.

Dear 서진규 선생님

선생님, 저 기억하시나요? 단 한 단어! 저를 표현할 수 있는 단어!! 신문 배달하는 소녀~ ㅋㅋ

기억 못하신다 해도 저는 할 말이 없습니다. 한참 힘들고 고달플 때는 자주 메일 보내면서 선생님의 답장에 저의 고통을 완화시키곤 했는데 연락 안 드린 지 너무너무 오래돼서…… 이런 아이가 있었던가, 하시는 것도 무리는 아니라고 봐요^^;;

저 희정인데…… 선생님 홈페이지에 글 올렸다가 답장 받고 정말 뛸 듯이 기뻤고 그 이후로는 개인적으로 편지 보냈었는데 그때마다 선생님은 희망의 편지를 보내 주셨죠. 저는 유명한 사람이, 저의 우상이 제 글을 읽고 답장을 해 주셨다는 자체에 너무나 영광스러워했었고 지금도 그 마음 마찬가지랍니다.^^

그런 제가 일 년도 훨씬 넘도록 연락 한 번 안 드리다가 이렇게 다시 메일을 쓰다니, 제가 생각해도 참 염치없는 아이네요.

그런데 오늘은 힘들고 고통스런 얘기가 아니에요. 이런 적은 첨인 거 같은데. 정말 다행입니다. 저도 이렇게 선생님께 저의 기쁜 소식을 전해 줄 수 있어서요.^^

그동안 참 많은 일이 일어났습니다. 제 여동생이 얼마 전에 여군에 지원해서 지금은 하사관이랍니다. 그리고 저는 사정상 학교를 휴학했어야 했는데 저 일 년 동안 편의점 야간 아르바이트를 했었거든요. 야간 아르바이트가 다른 것보다 돈을 많이 벌 수도 있었고 새벽에 손님 없을 때는 틈틈이 공부도 할 수 있었거든요. 요즘 편의점 절도 사건이 많이 일어나서 조금 무섭기도 했지만요.

지난여름에는 편의점 일하고 분식점에서 서빙하는 일도 했었죠.

여름 되면 해운대에 사람들 정말정말 많이 오는데 그때 저 정말 잠자는 시간 빼고는 거의 하루 종일 일했었어요. 그때 생각하면 끔찍합니다.

왜 그렇게 악착같이 돈 벌었냐구요? 저에게는 꿈이 있었거든요. 한국을 떠나 외국에서 사는 거요. 이렇게 말하고 보니까 선생님하고 비슷하네요? 그래서 제가 선생님을 보면서 제 꿈도 키워 나갈 수 있었던 거지만요.

아무튼 일 년 동안 정말 아끼고 아껴서 드디어 저 캐나다 가게 되었어요. 비록 이민이나 뭐 그런 것은 아니지만 일단은 여행 비자로 일 년 살다 올려구요. 그래서 그동안 몸도 마음도 지치고 힘들었지만 영어 공부를 꾸준히 했어요. 이런 날이 정말로 올 거라 기대하면서요.

6월 2일이 출국일이에요. 이제 정말 며칠 안 남았네요.. 요즘 정말로 마음도 불안하고 공부도 눈에 안 들어오고 그래요. 그 낯선 땅에서 어떻게 살아가야 하나 정말로 잘할 수 있을까? 이렇게 무리해서 가는 것이 현명한 방법일까? 사실 저 일 년 뒤에 한국으로 돌아오면 더 막막하거든요. 지금 이 돈 학기 등록금 낼 수 있는 돈인데 그 돈으로 떠나는 것이니 학교는 다닐 수 있을지 걱정이에요. 하지만!!! 이번에 떠나지 않으면 평생 후회할 거 같아 힘든 결정을 내렸어요. 제가 가면 우리 아빠 혼자 사셔야 하는데……. 저 정말 못된 딸이죠?

물론 캐나다 가서 고생할 건 빤하지만 이왕 내린 결정, 더 이상 후회하지 않게 잘 지내고 싶어요.

저의 첫 번째 소원을 이룰 수 있게 해 주신 선생님께 감사드려요. 희망을 주신 선생님께요.

선생님은 요즘 어떻게 지내시는지 정말 궁금합니다. 부디 몸 건강하셨으면 좋겠어요.

저 출국하기 전에 한 번 뵙고 싶은데 가능한지……

희정아, 축하한다.

힘들지만 그렇게 열심히 노력한 보람이 있었네. 아직 안심하기엔 이르지만 그래도 한 계단은 올라섰잖아.

또 힘든 일 많을 거야. 그래도 너무 힘들었던 처음과 비교하면 갈수록 훨씬 쉬워질 거니까 그만큼 견디기도 쉬워지고, 그러노라면 희정인 어느 새 자신의 꿈에 도달해 있을 거구……. 힘들어도 꾸준히 실력을 쌓는 것을 잊지 않는다면 …….

논문 준비로 너무 시간에 쪼들리다 보니 매번 답글은 못 쓰지만 항상 읽고는 있으니까 누군가에게 얘기하고 싶을 땐 언제든지 메일을 보내렴. 이미 알고 있겠지만 누군가에게 마음을 털어놓는 것도 숨통을 터 주는 치료가 되니까.

캐나다로 떠난 그녀가 잘 살고 있는지 어떤지 궁금했지만 연락은 그렇게 끊겼다. 무엇보다 이십대 초반, 그 어린 나이에 외국 생활을 하는 것이 얼마나 우여곡절이 많을지 아는지라 그녀가 걱정되었다. 이국땅에서 얼마나 정신 없이 지낼지 잘 알기에 내가 할 수 있는 것은 그저 건강하기만을 바라는 것뿐이었다. 그렇게 수년이 흘렀다.

서진규 선생님께

선생님, 안녕하세요. 저는 윤희정이라고 합니다.

무슨 말로 시작을 해야 할지 몇 번이나 쓰고 지우고를 반복하고 있네요. 어떻게 하면 선생님이 저를 기억할 수 있을까 고민을 하다가 예전에 선생님께서 저에게 주셨던 메일에 답장 형식으로 다시 메일을 써 보기로 했어요.

2000년대 초반 아주 힘든 시기를, 선생님께서 주신 메일과 그 글 속의 격려로 이겨 낸 적이 있는 한 아이랍니다. 제 자신을 선생님께 기억시키고자 항상 '신문 배달'이란 단어를 사용하기도 했구요, 전 선생님에게 기억되고 싶어서 여동생이 하사관으로 지원한 것조차 선생님과의 공통점으로 엮으려 애를 썼었어요.

2004년에 선생님께 캐나다로 일 년간 떠난다는 인사를 마지막으로 드렸었는데요, 그 이후로 캐나다에서 1년 반을 살았습니다. 캐나다에서도 여전히 두 가지 일을 하며 정말 바쁘게 살았지만 제 평생 그렇게 자유롭고 신났던 순간이 없을 정도로 전 행복한 시간을 보냈어요. 캐나다 생활은 저의 모든 것을 바꿔 놓았답니다. 항상 우울하고 지쳐 있던 저를 긍정적이고 생기발랄한 사람으로 만들어 주었고, 자신감이 붙어 뭐든지 적극적으로 하는 사람으로 변하게 해 주었어요. 캐나다 생활 이후에 저를 만난 사람들은 예전의 제 모습을 도저히 상상하기 어려울 정도로요.

한국으로 돌아온 이후 학교에 복학을 했고, 졸업을 했고, 취직을 했습니다. 전자공학과 출신인 저는 핸드폰 제조업체에서 품질관리팀으로 창원에서 근무를 했습니다. 비교적 잘 적응하고 무난했는데 회사가 어려워졌습니다. 구조 조정이 있었고 전 그때 다른 돌파구를 찾아 헤쳐 나가기로 했습니다. 회사를 그만두고 일 년 동안 국제회의 기획사에 대해서 공부를 하고 서울로 올라와 취직을 했습니다. 그리고 지금은 당당히 국제회의 기획사로 3년차 주임이 되었습니다.

돌이켜보면 4년 전 그때의 상황은 예전에 휴학을 하고 일 년 동안 알바를 하며 돈을 모아 캐나다로 떠났던 그 상황과 아주 닮아 있어요. 그리고 저는 캐나다에 있었을 때만큼이나 지금 생활에 만족하며 살고 있어요.

선생님께 인생을 상담하고 희망을 얻었을 때가 23살인가였는데 지금은 32살이 되었답니다. 정말 빠른 세월이네요.

선생님은 지금의 저를 있게 한 가장 중요한 분이세요. 십 년 동안 선생님에 대한 감사의 마음을 한 순간도 잊은 적이 없습니다. 감사합니다, 선생님.

아직은 성공이라고 말할 수 없지만, 그리고 아직도 방황하는 청춘이지만, 선생님께서 보내 주신 격려에 이렇게 사회의 한 구성원으로 바르게 성장했다는 걸 선생님께 알려 드리고 싶었어요. 다 선생님 덕분이라고, 선생님은 정말 희망의 증거이셨다고…… 저도 그런 사람이 되고 싶다고…….

작년에는 인터넷 잡지이지만 경기도에서 운영하는 여성 웹진

에 제 기사가 나기도 했어요(네이버에서 '국제회의 기획사 윤희정'이
라고 치면 제 기사가 나온답니다. 시간 나실 때 한번 봐 주세요). 그 기
사 덕분인지 얼마 전에는 한 고등학생이 국제회의 기획사가 되
고 싶은데 제 기사를 보았다며 메일을 보내왔더라구요. 어떻게
하면 국제회의 기획사가 될 수 있는지 알고 싶다고 하더라고요.
그때 문득 선생님 생각이 났습니다. 저도 어느 새 누군가에게 도
움이 될 수 있게 되었구나 하고요. 바로 회신을 했습니다.

선생님, 건강하시죠? 선생님이 어떻게 지내시는지 궁금해서
종종 인터넷으로 성함을 검색해 보곤 합니다. 여전히 강의 등으
로 활발한 활동을 하시고 계시더라구요. 선생님의 강의를 들은
그 누군가는 저처럼 희망을 얻고 다른 삶을 살게 되겠죠?

바쁘신 와중에 항상 건강 챙기시구요, 또 연락 드리겠습니다.

윤희정 드림

대견하고 뿌듯한 일이었다. 10여 년 전 그녀는 지방 도시에서 힘
겹게 살아가고 있었다. 그녀가 가진 조건은 평균에 훨씬 못 미쳤다.
평균이라는 것이 다분히 추상적이지만 그 현실에 처한 사람이라면
누구나 본능적으로 자신의 처지를 느낄 수 있다. 하지만 그녀는 멈
추지 않았다. '내가 해낼 수 있을까? 나는 옳은 길을 가고 있는 건

47

가?'라는 생각이 머릿속에서 떠나지 않았지만 그녀는 일을 하고 공부를 하고 작은 성취를 하나씩 만들어 나갔다. 그리고 도저히 현실을 견디기 힘들 때면 나에게 편지를 썼다. 나의 젊은 시절과 지극히 닮은 그녀를 외면할 수 없어 짧지만 최선을 다해 답장을 썼다. 아마도 그녀는 내가 답장을 해 주었다는 사실만으로도 충분히 만족할 수 있었을 것이다. 내가 대단한 사람이라서가 아니다. 답답한 상황, 지푸라기라도 잡고 싶은 심정, 그나마 나는 그녀에게 존재감이 느껴지는 지푸라기였을 뿐이다. 지푸라기가 무슨 힘이 있어 삶을 일으키겠는가. 그녀를 살리고 세상에 당당히 뿌리내리게 한 것은 오로지 그녀 자신이다. 지난 시간 희생과 노력을 아끼지 않았기에 가능했던 일이다.

그녀에게도 수차례 위기가 찾아왔다. 그리고 앞으로도 올 것이다. 하지만 이제 내가 걱정할 단계는 한참 지났다. 그녀는 나보다 더 멋진 삶을 살리라 믿는다. 그리고 나보다 더 많은 편지를 받는 사람이 될 것이다. 내가 '희망 전도사'라 불리는 것처럼 그녀도 미래에 '희망 배달부'가 되지 않을까. 그저 나는 그렇게 되길 소망할 뿐이다.

직업이 아니라
태도가 문제다

꿈은 클수록 좋다고 누차 강조해
왔다. 꿈을 꾸는 것은 공짜이고 꿈을 꾸는 동안 누구나 무한하게 뻗
어 나갈 수 있기 때문이다. 그러나 그것을 이루는 힘이 없으면 그저
공염불에 지나지 않는다. 그저 한때 즐거운 공상을 했을 뿐이다. 꿈
을 지탱하는 것은 현실의 힘이다. 현재 자신의 일에 충실하고 자신
의 입지를 공고하게 다지는 사람에게만 꿈을 이룰 '기회'가 온다.

강연회 횟수와 비례해 편지의 수도 오락가락하는데 유독 지방
강연회 일정이 많았던 시기에 나는 두 통의 편지를 내내 들고 다녔
다. 그 괴로운 이야기를 그만 읽으면 될 것을 읽고 또 읽으며 나는
괴로워했다. 그것은 일종의 숙제였다. 그녀들에게 어떤 이야기라도
해 주어야 했다.

초졸 학력의 식당 종업원인 그녀는 나의 인생보다 자신의 인생이 조금 더 불행하다며 이야기를 꺼냈다. 친어머니를 일찍 여의고 계모 밑에서 고생을 했으며 열네 살 때부터 일을 해 왔다고 했다. 가난한 산골 출신에 학력도 없고 외모에도 자신이 없어 수차례 인생을 접으려고 했지만 그조차도 용기가 없어 못했다고 솔직하게 고백을 했다. 열네 살 때부터 시작된 사회생활은 고달팠고, 공부를 하려는 욕구는 있었으나 열악한 환경 속에서 그 마음을 실현하기란 쉽지 않았다. 서른세 해를 사는 동안 기억에 남는 즐거운 일은 단 하나도 없었다. 그녀는 이 나라의 국민성이 너무 싫다고 했다. 약자 위에 군림하려는 국민성이 특히 싫다고 했다. 때문에 기회가 된다면 미국으로 떠나고 싶다는 것이 그녀의 소원이었다.

또 다른 그녀는 눈부신 스물다섯 살, 봉제 공장 직원이다. 어촌 출신인 그녀의 꿈은 미국에 가서 '만약' 돈을 많이 벌면 하버드 대학에 기부를 하는 것이다. 가난한 집안 형편 때문에 대학에 가지 못했지만 남들도 그런 것 때문에 배움의 길을 포기하는 것이 안타깝단다. 그녀가 봉제 공장에 다니는 이유는 단 한 가지다. 재단이나 재봉 기술이 있으면 미국으로 취업 이민을 갈 수 있다는 말을 '어떤 책'에서 읽은 것 같아 봉제 공장에 다니며 재봉 기술을 배우고 있다는 것이다.

나는 편지를 읽을 때마다 그 행간 속에서 빠끔히 고개를 내민 불분명함에 당혹스러웠다. 결국 며칠 동안 전전긍긍하다가 혼자서 분통을 터뜨렸다. 하마터면 그 편지들을 구겨서 움켜쥘 뻔했다.

가난은 그녀들에게 선택 사항이 아니었다. 부모의 가난은 그녀들의 잘못이 아니다. 스스로 만족할 수 없었던 외모도 마찬가지다. 그건 부모님으로부터 물려받은 유전자로 결정된 사항이기 때문이다. 그러나 열네 살 때부터 고생을 했고, 서른세 살까지 결혼도 하지 않은 채 혼자 살아온 그녀의 최종 학력이 초졸이라는 것에서 숨이 턱 막혔다. 더구나 그녀는 약자에게 군림하려는 세상 이치를 이미 터득했지 않았나. 결국 그녀 스스로 선택할 수 있는 유일한 길은 약자의 길에서 벗어나는 것뿐이다.

그러나 그녀는 그렇게 하지 않았다. 이 땅에서 약자는 다른 땅에 가서도 약자다. 꼭 강자의 위치에 오르는 것이 목적이 아니더라도 제 한 몸 지킬 수 있기 위해서 반드시 필요한 것은 공부하는 습관이다. 상승하려는 의지가 없다면 그 자리에서 벗어나지 못한다.

서른셋, 스물다섯 살인 그녀들은 한결같이 내게 찬사를 보냈다. 내 성공에 박수를 보냈다. 그러나 나는 그녀들의 환호가 기쁘지 않았다. 꿈을 이루기 위한 노력에 '만약'은 있을 수 없다. 그리고 노력의 연장선상에서 '어떤 책'은 도움이 되지 않는다. 분명한 정보가 있어야 하며 확실하고 정확한 꿈이 있어야 한다.

약자가 되기 싫다면, 그리고 분명한 꿈을 꾸고 싶다면 좀 더 자신에게 기회를 주어야 한다. 큰 성취 앞에는 무수히 많은 작은 성취가 놓여 있다. 그 한 단계 한 단계를 밟기 위해서는 피를 흘려야 한다. 단순히 이곳이 아닌 다른 땅으로 옮겨 간다고 해서 성공이 가까워지는 것이 아니다.

오늘 희망의 씨앗을 심지 않는다면,
내일 거둘 수 있는 희망은 없다

일단 이 땅에 머물고 있는 동안 자신이 얻을 수 있는 성취는 이 악물고 이룰 수 있어야 한다. 본래의 나, 나의 능력을 알기 위해서는 자신을 궁지로 내몰아야 한다. 바로 그 순간부터 진정 원하는 길이 열린다.

당신들은 아직 젊다. 그렇기에 더 많은 기회를 얻을 수 있다. 남의 미래를 염려하기 전에 자신의 앞날을 염려하라. 그리고 현재를 살라. 치열하게 적극적으로 자신을 희생시켜야 한다. 그런 뒤에는 식당에서 일해도 되고 봉제 공장에서 일해도 된다. 식당이나 봉제 공장이 문제가 아니다. 자신의 미래를 그저 상상 속에 가두는 것이 문제다.

현재를
살아야 한다

"형, 이제 우리 이 버스 타기만 하면 되는거야?"

형을 바라보는 그 아이의 눈에는 두려움이 가득했다. 동생의 물음에 형은 고개를 돌렸다. 동생은 외면하는 형의 손을 잡고 흔들었다.

"형, 우리 이 버스 타면 엄마 만날 수 있는 거야? 정말 그런 거야?"

"미안. 나도 사실 엄마가 어디 있는지 몰라. 미안해. 미안해!"

형은 동생을 와락 껴안았다. 형제의 눈에서는 눈물이 그렁그렁 솟아올랐다. 형제는 끝내 버스에 오르지 못했다.

형제는 이혼한 부모 그 누구와도 살지 못했다. 대신 부자이지만 보수적이고 완고한 할아버지와 살았다. 그들에게는 형제가 한 명

더 있었다. 그들의 누나는 어머니와 함께 살았다. 그녀의 존재는 시간이 지날수록 잊혀졌다. 지역의 유지였던 할아버지는 이혼한 채 자식을 건사하지도 않고 하는 사업마다 실패를 하는 아버지를 못마 땅해 했고 딱 그만큼이나 손자들을 못마땅해 했다. 그저 남의 눈이 있으니 키우는 것뿐이었다.

형제는 타고난 머리가 좋아 공부를 잘했으나 중학생이 되면서부터 어른들의 눈을 피해 담배를 피우는 문제아가 되어 갔다. 그들에겐 소중한 것도 사랑하는 것도 없었다. 이렇게 이미 시간이 어긋나기 시작한 후에야 아버지가 돌아왔다. 그리고 얼마 후 친어머니와 잠시 재회를 할 수 있었다. 실로 사무치도록 그리웠던 이들과의 만남이었지만 떨어져 있던 시간만큼이나 어머니란 존재는 이해할 수 없는 존재이기도 했다. 그건 아버지도 마찬가지였다. 그들에게 아버지란 존재는 이름뿐인 것이었다.

그중 형이 나에게 편지를 보내왔다. 그는 고등학교에 진학해서도 여전히 방황했다. 되고자 하는 것도 없었고 조언을 듣고 싶은 생각도 없었다. 그렇지만 인생 그 자체를 아예 포기하지는 못했다. 어렵사리 고등학교를 졸업한 그는 하사관을 지원했다. 그리고 군생활을 시작했다. 그곳에는 명령과 규율, 규칙적인 생활, 동료애가 있었다. 청소년기 이후 그는 처음으로 현실에 충실할 수 있었다.

그리고 처음으로 앞으로의 일을 떠올리게 되었다. 아무런 생각 없이 들어간 군대에서 그는 처음으로 장래를 염려하기 시작한 것이다. 하지만 여전히 과거를 원망하는 자신이 남아 있었다. 아버지를,

어머니를 원망하는 또 다른 자아가 그의 앞을 막아선 채 떡 버티고 있었다. 이제까지 그다지 충실하지 못한 삶을 살아온 그에게 미래란 무섭고 불투명한 것이었다. 그리고 그 현실이 무서워질수록 과거로 돌아가 부모님을 원망했다.

그 원망은 특히 어머니에게 쏠렸다. 아버지에게는 기대고자 하는 욕구마저 없었기에 그는 술만 마시면 편지와 전화를 통해 어머니에게 불평을 늘어놓았다. 그의 어머니는 그의 이야기가 끝날 때까지 묵묵히 그저 듣기만 했다. 그러던 어느 날 항상 듣기만 하던 어머니가 처음으로 입을 열었다.

"승제(가명)야, 미안하다. 그저 이 어미는 그것밖에 할 말이 없구나. 하지만 넌 남자지 않니? 너와 네 동생을 데려갈 수 없었어. 할아버지와 아버지의 반대가 대단했다. 대를 이을 아들이 이혼한 여자 손에 키워지는 것을 상상조차 할 수 없다고 하더구나. 하지만 네 누나는 아니었어. 그리고 이 어미는 딸이 또 다시 내가 당한 불행을 겪게 하고 싶지 않았어. 이해해 다오. 어미도 여자고 네 누나도 여자라서…… 여자인 나는……."

그의 어머니는 수화기 건너편에서 울고 있었다. 어머니의 말을 듣는 순간 그의 머릿속이 맑아졌다. 태어나서 처음으로 느낀 평온이었다.

그는 그때부터 어머니를 이해했고 그 순간 과거로부터 벗어날 수 있는 희망을 발견했다고 이야기를 마치고 있었다. 나는 그의 편지를 보며 내 아들 성욱이를 떠올렸다. 헤어진 전남편과 시어머니에게 그 아이를 맡기고 돌아설 때 나는 이 세상에서 가장 잔혹한 엄마라는 생각을 했다. 또한 성욱이에게 준 상처, 나 스스로에게 준 상처는 죽을 때까지 아물지 않을 거라는 생각이 들었다. 다만 성욱이가 사내아이이기에 그들의 손에서 귀하게 자랄 것이라는 믿음이 있었고 하늘이 도우셔서 실제로 그렇게 되었다.

편지 속의 사내는 내 가슴을 천 갈래 만 갈래로 찢어 놓았다. 그가 마치 내 아들 성욱이 같다는 생각이 들었기 때문이다. 더구나 그는 정말 불행하게도 자신에게 책임이 있는 어떤 이에게서도 도움을 받지 못했다. 그리고 지독한 방황을 겪었다. 아마 그는 세상에 떠돌고 있는 내 이야기를 듣고 자신과 비슷한 과거를 지녔다는 생각으로 펜을 들었을 것이다.

그렇기에 나는 조금 뻔뻔한 마음으로 그에게 이야기하려고 한다. 맞다. 당신의 어머니 이야기는 아주 오랫동안 간직했으나 차마 입 밖에 꺼내지 못한 진솔한 이야기였을 것이다. 당신들의 어머니 세대는 여자이기에 차별받아야 하는 시대를 건너왔다. 그렇기에 딸의 손만큼은 놓을 수 없었을 것이다. 그 아이가 자신과 같은 세상에서 살아갈 것이란 걸 본능적으로 알았기 때문이다. 성별을 바꾸지 않는 한 타고난 자리를 벗어날 수 없을 거라는 생각을 떨칠 수 없었을 것이다.

미안하다. 그리고 또 미안하다. 지독한 과거를 안게 해서……. 그러나 그 이유만으로 자신의 인생을 망치지 말라. 언제까지 과거에 매달려 사는 어리석은 짓에서 벗어나길 바란다. 그런 마음으로 당신의 어머니도 그런 변명 아닌 변명을 했을 것이다. 그러니 이제 현재를 살자. 그리고 두렵더라도 미래를 꿈꾸자. 한꺼번에 많은 것을 하라는 것이 아니다. 차근차근 하나씩 공부하고 매일매일 자신의 마음을 닦자.

그리고 용서해 주시라. 아버지를, 어머니를, 그리고 할아버지를……. 당신이 지나온 불행의 시간을 결코 그들도 원하지 않았을 것이다. 그 미움으로 자신을 몰아세우지 말라. 그 미움을 차라리 살아가는 에너지로 변환시키라. 잊지 말아야 할 것은 당신이 어떤 모습을 하고 있든 당신이 미워하고 원망했던 그들이 항상 당신을 바라보고 있다는 것이다. 잘되기를 바라는 마음을 간직한 채.

두 다리로
선다는 것

사람은 태어난 후로 상당히 오랜 기간을 가만히 누워서 지낸다. 그 다음 몸을 뒤집고, 기고, 일어선다. 대부분 부모의 눈앞에서 그런 작은 기적들이 일어나며 그들의 애정 어린 시선 아래서 지지를 받으며 한 걸음 한 걸음 옮겨 나가는 것이다.

살면서 누군가의 지지를 받는다는 것은 축복이다. 때문에 가족은 한 인간이 만들어지는 과정에서 가장 중요한 역할을 하게 마련이다. 너무 빤한 이야기가 아닌가라고 질문할지 모르지만 내가 이런 이야기를 꺼낸 것은 그렇지 못한 사람들도 상당히 많기 때문이다. 가족이라고 해서 모두 자신을 믿고 지지하는 사람은 아니며 때론 그 가족 자체가 붕괴되거나 결여된 사람도 있다.

온전한 가족에 둘러싸여 살아온 사람 중에도 간혹 두 다리로 스스로 일어서는 것을 주저하는 이들이 많다. 얼마 전 비교적 젊은 지인 하나가 내게 물었다.

"선생님, 캥거루족이라고 들어 보셨어요?"

"캥거루…… 뭐요?"

그는 내가 한 번에 알아듣지 못하자 빙긋 웃으며 다시 말했다.

"자립할 나이가 지났음에도 부모의 보살핌을 받는 이들을 캥거루족이라고 한다더군요. 요즘 그런 젊은이들이 늘어나서 사회의 고민이 되고 있어요."

"취직이 안 되어서 그런 건가요?"

"아뇨. 취직한 친구 중에도 독립할 생각 없이 부모 밑에 있는 친구들이 꽤 많거든요."

"부모는 뭘 하고 있나요?"

"글쎄요."

그 친구는 내 질문에 말끝을 흐렸다. 나로서는 이해할 수 없는 노릇이었다. 하긴 그런 이상한 부모 자식 관계가 내 눈에도 간혹 띄기는 했다. 이런 경우는 부모와 자식 간의 유대와는 별개의 문제다. 나는 딸 성아가 성년이 된 이후 한 집에서 산 일이 거의 없다. 그것은 내게는 지극히 당연한 일이었다. 나도 고등학생이 된 이후 부모님 곁을 떠나 생활해 오지 않았던가.

어떤 조건에 있건 성년이 되면 부모를 떠나는 것이 좋다고 생각한다. 그렇지 못했다면 대학을 졸업한 이후라도 떠나야 한다.

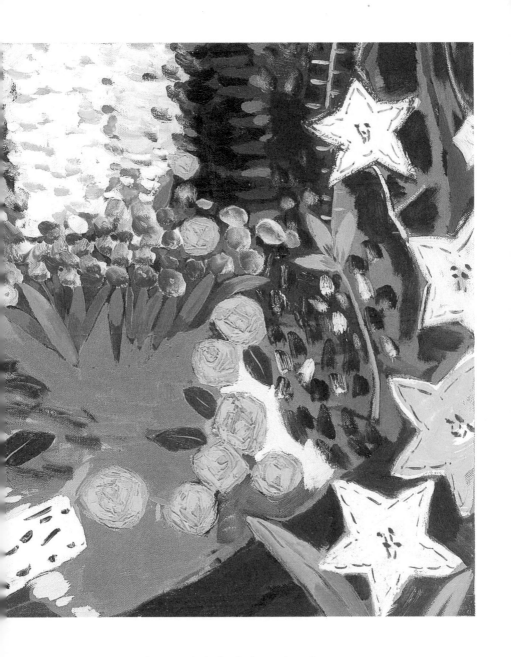

때로는 과거의 상처를 치료하고,
누군가를 용서하는 것에서 희망은 시작된다

부모에게는 부모의 인생이 있고 자식에게는 자식의 인생이 있다. 한 쪽이 끝없이 한 쪽에 기대 산다는 것은 있을 수 없는 일이다. 부모는 자식이 성년까지 자란 모습을 본 후 온전히 자신만을 위한 시간을 찾을 권리가 있고, 자식은 경제적으로 그리고 공간적으로 독립을 할 의무가 있다. 그리고 그 시간이 시작되어야 드디어 본격적인 인생이라는 것이 시작된다. 홀로 겪는 일은 모두 공부가 된다. 그저 부모가 원하는 대로 움직이는 것은 한 인간으로 온전히 서 있는 것이라 할 수 없다.

부모도 언제까지 자식을 곁에 두려고 해서는 안 된다. 사람은 누구나 죽는다. 죽음은 예정해 놓고 오지 않는다. 갑작스럽게 찾아오는 경우가 더 많다. 그 이후에 당신의 자식이 어떻게 살아갈 것인가를 염두에 두어야 한다. 당장의 걱정과 우려가 당신을 휘감을지라도 눈 질끈 감고 놓아 주거나 떠나보내야 한다.

물론 애초에 이런 조건 속에 놓여 있지 못한 이들도 있다. 사람들, 특히 우리나라 사람들은 결손 가정에 대해 색안경을 끼고 보는 경향이 강하다. 부모 중 어느 한 쪽이 없는 것을 대단히 불행한 일로 여기거나 그런 환경이 아이들의 성장에 악영향을 끼친다고 생각한다. 하지만 그런 생각은 편견에 지나지 않는다.

간혹 젊은 친구들로부터 편지를 받는데 이들 중 상당수가 결손 가정에서 자란 친구들이다. 결손의 종류도 다양하다. 이혼, 사망, 버려짐……. 이중 특히 버려진 친구들이 내게는 각별하다. 그들은 남들은 겪을 수도 없는 고통스러운 경험을 이미 했으며 심정적으로 바닥을 쳤거나 아니면 아직도 바닥에 머물러 있다. 그럼에도 그들은 항상 희망한다. 그 누구보다 성공을 열망한다. 때문에 내 글과 말에 대한 반응이 남다르다. 그들 속에 잠재된 희망을 부추기는 메시지를 전달하면 보통의 젊은이들보다 훨씬 강렬한 반응을 보인다. 꼭 내 메시지여서가 아니다. 그들에게는 희망의 불씨를 당길 순간이 필요하기 때문이다.

"1995년 6월, 결국 아버지는 자신의 기억에서 저희 모녀를 지워 버리셨고 새 가정을 차리셨습니다. 저희 모녀의 삶은 한 가닥 희망도 없이 계속되는 불행에 지쳐 갔습니다. 사랑하는 자식의 앞날을 위해 어머니께서는 밤낮으로 일하셨습니다. 길에서 과일도 파시고 심지어 생계를 위해 일본으로의 불법 체류도 생각하셨지만 차마 저를 두고 정직하지 못한 행동을 하실 수는 없었습니다. 그런 어머니의 마음을 헤아리지도 못한 채 저는 자꾸만 제 자신과 그리고 어머니를 힘들게 했습니다. 어느덧 저는 고등학교 3학년이 되었습니다. 제 자신의 희망을 무너뜨릴 수 없다는 생각으로 현재 열심히 노력 중입니다. 어렸을 때부터 교수가 되고 싶었습니다. 잃어버렸던 희망을 찾아 이젠 그 희망에 도전하려고 합니다. 앞만 보고 이겨 내려 합니다. 실패와 좌절을 경험하겠지요. 하지만 박사님께서 말씀하신 희망 없이 사는 삶은 상상하기도 싫습니다. 응원해 주십시오."

"온 마음으로 당신을 응원합니다. 당신은 불행하게 자랐습니다. 또래들보다 못한 환경에 있는 것이지요. 그렇기에 당신이 성공한다면 사람들은 당신의 성공을 더 높이, 더 아름답게 느낄 것입니다.

그럴 수만 있다면 바로 당신이 희망의 증거로 기억될 겁니다."

　나는 한 글자, 한 글자 온 정성을 다해 답했다. 스스로 일어서려 하는 당신을 지지한다고, 자신을 믿고 자신의 길을 닦으려 하는 당신을 사랑한다고. 때로는 상상할 수 있는 범위를 뛰어넘는 엄청난 시련이 찾아올 것이다.

　숨이 막힐 것이다. 때론 주저앉을 수도 있다. 그렇지만 나는 당신을 믿는다. 곧 일어설 것이다. 그리고 보란 듯이 세상을 향해 뚜벅뚜벅 걸어갈 것이다. 성인의 삶이란 그런 것이다.

괴로울수록
쉬지 말라

요즘 사람들이 내게 묻는 말 중 빠지지 않는 것이 '실업' 문제다. 특히 20대 청년들의 실업 문제가 가장 큰 화두다. 나는 내가 할 수 없는 부분은 아주 일찍 접는다. 국가 정책에 대한 거창한 답변도 할 수가 없다. 다만 각 개개인이 어떤 준비를 해야 하는지에 대해서는 해 줄 말이 있다.

얼마 전 놀라운 사실을 알았다. 20대부터 중장년층까지 다양한 나이대의 많은 실업자들이 구직 활동 자체를 하지 않는다는 것이다. 물론 이러한 현상을 드러난 그대로 받아들일 수는 없다. 그들의 '포기'에는 이미 숱한 실패의 과정이 포함되어 있을 것이기 때문이다. 더구나 요즘의 불황 속에서 사업이나 자영업을 하는 사람들이 안고 가야 할 리스크를 생각한다면, 오히려 그들의 그런 선택이 현명하다는 생각이 들기도 한다. 그러나 그것은 어디까지나 심정적인 동의일 뿐이다. '포기'는 절대로 그냥 방관할 수만은 없는 태도다.

사람이 일을 하지 않는다는 것은 심각한 문제다. 구직을 포기하고 무료함을 선택하는 순간 찾아오는 가장 무서운 것은 내가 생각하기에 '건강함을 잃는다'는 것이다. 사람의 몸이 정상인 이상 움직여야 하고 그 움직임에는 목적이 있어야 한다.

자칭 '취업 준비생'이라고 하는 친구들에게서 오는 편지를 보면 대부분 이런 상태를 경험했거나 겪고 있다.

"지금 저는 실업 상태에 있지만 이 시간은 저의 미래를 위한 준비의 기간이며 반성의 기간이고 계획의 기간입니다. 그러나 이러한 의미를 갖고자 하던 시간들이 길어지다 보니 자꾸 익숙해져 가고 그 본래의 의미를 잃고 나태해지고 있습니다."

안타까운 것은 이 편지를 보낸 청년이 ROTC 장교 출신이라는 데에 있다. 경중의 차이만 있을 뿐 우리나라 젊은 청년 중 남성의 대부분은 군인 출신이다. 적어도 2년이라는 엄청난 시간을 국가를 위해 헌신하면서 나름 '일'이라는 것이 몸에 밴 이들이다. 그럼에도 불구하고 그들은 나태해지고 있다.

이러니 주로 집에서 화초처럼 보살핌을 받으며 자라난 요즘의 젊은 여성들에게 나태함은 더 빠르고 깊이 파고들 여지가 많다.

의욕이 사라지는 것만큼 무서운 것이 있을까? 결국 정신을 다잡고 스스로를 그 깊은 구덩이에서 빼내는 것은 온전히 자기의 몫이다. 국가도, 가족도, 친구도, 어느 누구도 그것을 대신할 수 없다.

여기서 하나 확인하고 갈 것이 있다. '취업문이 좁다', 따라서 '기회가 적다'는 것에 대해 나는 분명히 동의한다. 그러나 취업이 마치 인생의 목적인 양 치부되는 현실에는 동의할 수 없다. 좋은 직장에 들어간다는 것이 젊은 날 잠시 맛볼 수 있는 '성공'의 한 종류인 것은 인정하지만 그것이 반드시 인생의 성공으로 연결되는 것은 아니다. 그렇기에 취업을 못한 것이 실패가 아니다. 대기업 혹은 공기업을 경험하지 못했다고 해서 인생이 망가지는 것이 아니다. 조금, 아주 살짝만 시선을 다른 곳으로 돌려 보라. 남들이 하는 대로 사는 것이 아니라 스스로 지도를 펼쳐 보고 갈 길을 정해 보라. 조급증을 버려라. 일 년, 이 년 혹 십 년이 지나며 다소 늦어지더라도 자기가 갈 길은 자기가 정해야 한다.

내 일생은 항상 자격지심으로 점철되어 있었다. 많은 사람들이 내 인생에서 성공한 부분만을 보지만 그동안 내가 누차 밝혔듯 내 삶의 과정은 패배와 혼란의 연속이었다. 애써서 미국으로 간 후 그렇게 열망했던 대학에 들어갔지만 나는 제 나이에 졸업하지 못했다. 돌고 돌아 28세가 되어 일개 사병으로 군대에 들어갔다. 십대 후반, 혹은 이십대 초반인 동료들 사이에서 나는 유부녀에 아이 엄마, 영어도 썩 훌륭하지 않은 늙다리였을 뿐이다. 당시 나는 루저가 가질 수 있는 모든 조건을 다 가지고 있었다. 그때 나를 휩싸고 있던 것은 '나는 도대체 왜 이 모양이지?' 하는 자격지심이었다. 그러나 그것이 서진규 인생의 또 다른 시작이었다.

자신을 일으켜 세워라. 그리고 움직여라. 남들의 시선 따위는 버리고 막노동을 해서라도 제 밥벌이를 하고 미래의 무기가 될 공부를 멈추지 말아야 한다. 십 년이 늦을지라도 남은 시간을 보다 밀도 있게 보낸다면 당신의 생각보다 훨씬 빨리 성취의 시간이 찾아올 것이다.

그리고 기억해 내라. 아주 작은 성공이었을지라도 희열을 느꼈던 그 순간을 되새기며, 앞으로 다가올 시간은 그보다 더한 성공을 가져올 것이라 믿으며 자신을 채찍질해야 한다. 성공의 공식은 없다. 남들이 말하는 성공은 허상일 수도 있다. 당신의 성공은 오락 게임의 클리어가 아니다. 막노동을 하더라도 그날의 몫을 완수해 내는 것에 성공이 있으며 한 권의 책을 읽더라도 그것을 완독하고 이해하는 것에 성공이 있다.

스스로 만족스럽지 못하다면 쉬지 말라. 그것이 현재 자신을 사랑할 수 있는 최고의 방법이다.

타인의
인생을 보라

　　　　　　　청중들은 간혹 내게 "도대체 언제
쉬세요? 나름 쉬는 방법이 있긴 있어요?" 하고 물어 온다. 쉬는 데
특별한 방법이 있을 리 없다. 내가 뭐 그리 특별한 사람이라고 쉬는
방법이 따로 있겠는가. 결코 여러분과 다르지 않다.

　2006년에 박사 학위를 딴 이후 한국에 다시 들어와서 내 개인
시간을 많이 가졌다. 그동안 군인으로서, 학생으로서 촉박한 시간
과 싸움을 벌였다면 작가이자 강연자가 된 이후로는 잘 쉬어야 함
을 절실히 느꼈기 때문이다.

　이전에 나는 예술 계통에 있는 친구들의 나사가 하나 풀려 있는
듯한 모습이 무척 신기했다. '아니 저런 태도로도 인생이 꾸려지
나?' 하는 의문이 들었던 것이다. 그러나 사람은 저마다 하는 일에

따라 시간을 활용하는 방법이 다르다는 것을 나중에 알게 되었다. 보통 사람들은 시간에 얽매여 살아간다. 물론 예술 계통의 사람들도 시간을 거슬러 가거나 되돌릴 수는 없다. 다만 내 느낌으로 그들은 한 순간, 그러니까 시간보다는 공간을 살아가는 사람이다. 그 새로운 공간을 창작하고 창조하기 위해 많은 시간을 덧없이 느슨하게 보낸다. 또한 알고 보면 그 느슨해 보이는 시간도 나름 치열한 전쟁의 시간이라는 것을 이제야 알았다. 그러나 그들을 이해하지 못했던 그 시절의 내게 그들은 참으로 태평한 사람들이었다.

현재 나는 강연회를 하고 책을 집필하는 일에 모든 시간을 바치고 있다고 해도 과언이 아니다. 긴장의 끈을 놓지 않으면서도 쉴 수 있는 때는 쉰다. 그래야 2시간의 강연회 동안 에너지를 쏟을 수 있고 날마다 집필을 하는 데 단 몇 십 분이나마 집중할 수 있다. 그래서 여전히 하루 종일 바쁘다.

나의 휴식은 지극히 보편적이다. 음악을 듣고 영화를 보며 드라마에 몰입한다. 읽는 데 좀 게으른 편인 나는 오디오 북을 통해 접했던 책들을 다시 듣고 또 듣는 편이기도 하다. 같은 드라마의 명장면은 슬프거나 우울할 때, 혹은 흥이 날 때 어느 때건 보고 또 본다. 그래도 질리지 않는다. 볼 때마다 새롭고 볼 때마다 나의 감정은 그 이전의 감정과 달라지기 때문이다. 음악은 예전부터 좋아했다. 사이먼 앤 가펑클의 음악을 항상 사랑했다. 그리고 조금 나이가 들어서는 흔히 말하는 뽕짝, 우리나라의 트로트를 즐기기 시작했다. 지인들은 유명인사가 됐으니 좀 신비한 모습을 간직하는 것이 어떠냐

삶은 항상 주저앉느냐 일어서느냐의
경계를 걷는 여정으로 채워진다.

고, 그러니 음악이든 미술이든 문학이든 좀 그럴듯한 것을 이미지화하는 게 좋다고 말하지만 무슨 소리! 나는 현철의 〈내 마음 별과 같이〉를 정말 좋아한다. 트로트는 우스운 음악이 아니다. 오랜 시간 세파를 겪어 보지 않았다면 느끼지 못할 깊이 있는 가사가 가득 묻어 있는 것이 트로트다.

　내가 최근 보고 또 본 책은《해리포터》다. 솔직히 독서량이 그리 많은 편이 아니었다. 문학이든 만화책이든 다양하게 섭렵해 왔지만 깊이 있게 들어가 본 적은 거의 없다. 그런데《해리포터》를 읽을 때는 완전히 빠졌다. 집에 오는 게 즐거웠다. 내 방에《해리포터》가 있었기 때문이다. '그 이후의 이야기는 어떻게 됐을까?' 밖에 나와서도 하루 종일 그것이 궁금했다. 한 권을 읽으면 다음 권을 기다리며 조바심을 쳤다. 그리고《해리포터 오디오북》은 열 번도 넘게 들었다. 언제 들어도 재미있고 감동적이다. 영문으로 된《해리포터》와 오디오북 영어판은 내게 영어를 잊지 않게 하는 또 다른 의미도 있다. 특히 같은 문장이라도 문학적 표현이 어떻게 들어가는지 알아 나가는 재미도 있다. 나는 지금도 아침에 일어나서 한 시간가량 명상을 하고 스트레칭을 하는데 그때《해리포터》영어 오디오북을 틀어 놓는다. 이 정도면 거의 '《해리포터》홀릭'이랄 수 있다.

　나는 성장 드라마를 좋아한다. 주인공이 한 단계 한 단계 오르면서 삶을 풀어 나가는 방식이 마음에 든다. 때문에 작가 J. K. 롤링을 존경한다. 그녀는 정말 대단한 작가다. 그냥 지나가는 듯 던졌던 대사 한 마디가 중요한 복선이며 실마리이기에 독자로서는 긴장을 놓

73

을 수 없다. 또한 모든 인물의 개성이 살아 있고, 판타지이면서도 지극히 현실적인, 그렇기에 독자의 감정 이입을 자연스럽게 이끌어 내는 실력, 여기에 더해 예측할 수 없는 이야기 전개 또한 그녀만의 무기다. 그리고 무엇보다 수많은 고난 속에서도 포기하지 않는 주인공, 통곡을 하고 무너질 수 있는 상황에서도 희생을 아끼지 않고 희망을 잃지 않는 점이 항상 희망에 대한 갈증이 멈추지 않는 내 가슴을 적셔 준다.

나는 드라마를 사랑한다. 가장 좋아하는 작품은 〈불멸의 이순신〉과 〈대장금〉이다. 이 두 작품은 《해리포터》와 일정 부분 맥을 같이 하는 점이 있다. 일종의 성장 드라마라는 점이다. 고난과 눈물로 점철된 인생, 하지만 온전한 인간으로 성장하는 전개에 나는 흠뻑 빠진다. 그중 나는 〈불멸의 이순신〉이란 드라마의 폐인이었다. 이순신은 희생이 무엇인지 진정으로 아는 인물이다. 내가 아는 희생의 진정한 의미는 자기희생을 통해 자신과 사회의 공동 행복을 추구하는 것이다. 그는 그렇기에 성웅이 되었다. 이순신은 어떤 악조건에서도 희망을 놓지 않았다. 그리고 활용할 수 있는 것은 모두 사용했다. 개인의 영광과 나라의 존폐를 걸고 모든 것을 희생했다. 드라마는 이 모든 것을 디테일하게 보여 주었다. 이순신의 삶과 당시 조선 민초들의 삶을 그려 내기 위해 어떤 것도 놓치지 않았다.

그리고 내가 이순신 장군의 인생을 보고 또 보는 이유는 그가 마흔 살이 넘어 성공의 궤도에 들어섰기 때문이다. 그가 무과에 급제한 나이는 서른두 살이었다. 포기가 빠른 사람은 진즉에 고단한 삶을 회피할 나이다. 더구나 조선 시대였으니 서른두 살이면 중년, 마흔 살이면 노년의 나이로 볼 수 있다. 그는 그런 나이에 지금으로 말하면 겨우 육군 소위가 되었다. 그가 자신의 인생을 포기했다면 조선이란 나라는 없어졌을지도 모를 일이다.

〈대장금〉은 C형 간염을 치료할 때 만났다. 갑상선 기능을 죽이는 치료를 받기 위해 나는 하와이로 떠나야 했다. 마침 성아가 하와이에서 근무를 하고 있었기에 겸사겸사 어머니를 모시고 갔다. 성아도 워낙 할머니를 보고 싶어 했고 나도 누군가 기댈 사람이 필요했다. 하지만 실수였다. 환자가 노모를 모시고 생활을 하려니 무척이나 힘이 들었다.

어느 날인가 집 안 공사를 하는 날이었다. 먼지 나는 카펫을 치우고 강화마루 바닥을 까는 일이었다. 성아는 직장에 나갔고 대신 영어가 되는 내가 그 공사 일체를 지켜보고 있어야 했다. 문제는 내가 방사선 치료를 받았다는 데에 있었다. 타인에게 방사능이 영향을 줄 수 있어 특히 연세가 많은 어머니와 나는 떨어져 있어야 했다. 그런데 어머니는 귀가 어두웠고 나는 말을 하기조차 힘이 든 상황이었다. 그럼에도 나는 일의 지시 사항에 대해 중국인 일꾼들에게 이야기를 해야 했고 어머니는 참견하느라 계속 내 곁에 머물러 있었다. 신경질이 났다. 공사가 시작되자 집 안은 온통 먼지로 가득 찼고 그 상황에서 나는 식사를 준비해야 했다. 방사선 치료는 식기도 따로 써야 하는 번거로움이 따랐다. 그 상황에서 식사를 준비하는 과정은 지옥이었다. 순간 그런 상황을 만든 성아가 미울 정도였다.

'요것이 아픈 나에게 이런 일을 맡기고 도망갔다 이거지!'라고 원망하는 생각마저 들 정도였다.

나는 결국 어머니의 시선을 돌리기 위해 〈대장금〉을 틀었다. 드라마의 주제곡이 나오자 집 안은 다소 조용해졌다. 어머니가 일단 참견을 멈춘 것이다. 중국 일꾼들도 〈대장금〉의 주제곡을 따라 불렀다. 중국인들은 그 드라마를 익히 알고 있었고 노래까지 외우고 있었다. 그들이 중국말로 노래를 따라할 땐 신기하고 웃기면서도 희열이 느껴졌다. 어머니와 나, 그리고 중국인 일꾼들이 서로 마주보며 웃을 수 있었다. 그것이 문화의 힘이었다. 하긴 〈대장금〉의 인생을 보면서 응원하지 않고, 빠져들지 않을 사람이 어디에 있단 말인가. 나는 지금도 간혹 〈대장금〉을 보는데 볼 때마다 하와이에서 있었던 그날을 떠올리고는 한다.

이렇게 타인의 인생을 보는 것이 결국 내가 쉬는 방법이다. 그리고 내 인생을 다시 돌아본다. 그것은 타인의 인생을 보면 저절로 이어지는 것이다. 그 순간 나는 쉰다. 잠시 일도 잊고 공부할 것도 잊고 그저 본다. 그리고 그것은 좋은 추억이 되고 수만 가지 이야깃거리로 떠오른다. 역시 사람의 인생만큼 드라마틱한 것은 없다.

무엇을 위해
헌신하고 희생할 것인가

10대, 나는 우리의 10대들이 꿈으로 가득 차 있기를 희망한다. 그리고 그 꿈이 구체적이기를 바란다.

사람들이 나에 대해서 오해하는 것 중 하나가 내가 상당히 치밀한 사람인 줄 안다는 것이다. 하지만 천만의 말씀. 나는 전혀 치밀하지 않다. 타고난 천성이 덤벙대는 데다가 다분히 즉흥적인 사고의 소유자다. 그렇지만 실패를 겪고 나이가 들면서 그 천성을 뜯어고치려 애썼고 구체적인 계획을 세우기에 이르렀다. 그리고 무엇보다 목표에서 눈을 떼지 않았다.

나는 박사가 꿈이었고, 거기에 도달하도록 이끈 힘은 차별에 대한 분노였다. 나는 분노를 적극적으로 활용했다. 미군이 된 것은 다분히 충동적이었지만 차별 없는 평등한 세상을 꿈꾸며 소령에까지 이르렀고 그 계급에 이르기 위해 온갖 편견에 맞섰다. 그리고 기회가 닿자 미군보다 더 영향력이 있으리라 판단한 하버드 박사가 되기로 결심했다. 그리고 그 판단은 옳았다. 참 웃긴 것은 무엇이 되었기에 내 영향력이 커진 것이 아니라 그렇게 되기 위한 과정 속에서 나란 존재가 커졌다는 것이다. 결국 현재 나는 '희망'을 소재로 말을 잘하는 이야기꾼 중의 한 명이 되었다.

하지만 아직 부족하다. 그리고 돌이켜보면 아쉬운 것 투성이다. 조금 더 잘할 수 있었다. 나와의 싸움에서 좀 더 치열했어야 했으며 스스로를 위해 더 많은 희생을 치러야 했다. 그것이 좀 더 나를 위하고 세상을 위하는 길이었다. 하지만 언제까지고 아쉬움을 간직할 수는 없다. 앞으로는 아쉬운 일이 없기를 바라며 더 치열해지고 더 치밀해져야 한다.

다시 처음으로 돌아가자. 우리의 10대들은 자신의 꿈을 보다 구체적으로 생각할 줄 알아야 한다. 그리고 왜 그것이 되고 싶은지 스스로에게 되물어야 한다. 정말 온갖 희생을 감수하고서라도 그것이 되고 싶은지, 그만큼의 가치가 있는 것인지 확인해야 한다. 막연히 남들이 그런 꿈을 꾸니 나도 꿈이라는 것을 가져야겠다는 생각을 하면 안 된다.

내게 오는 많은 사연 중 대표적인 10대의 사연이 그렇다.

"선생님의 책을 읽음과 동시에 미국! 미국에 가고 싶다는 생각을 했습니다. 지금 이대로 미국으로 가서 새롭게 그들의 문화를 접하며 공부해 보고 싶습니다. 미국에서 정말 열심히 공부해서 나중에 아주 훌륭한 모습으로 한국에 돌아오고 싶습니다. 선생님처럼 말입니다. 어머니께는 그런 내 의견을 말씀드렸습니다. 그런데 어머니께서 걱정스런 표정으로 말씀하셨습니다.

'가서 뭐 할 건데?'

정말 충격적이고 현실적인 말이었습니다. 물론 가서 공부를 하겠지만 한국에서보다 더 공부를 잘하고 꼭 성공하리란 보장 또한 할 수 없습니다. 하지만 미국에서 영어 실력만 좋아진다면 정말 열심히 공부할 자신이 있습니다. 지금 저는 무척 고민하고 있습니다. 한국에서 좀 더 열심히 공부하고 커서 대학생 때 미국으로 갈까 아니면 지금 갈까란 고민입니다. 제 능력으로는 판단할 수 없어 이렇게 편지 드립니다.〞

나는 이런 사연을 접할 때마다 예전 내 생각이 나서 피식 웃는다. 미국에 가서 무엇이 되겠다는 꿈, 사실 나도 그런 것이 없었다. 다만 다른 여자들처럼 그저 정해진 길로 가고 싶지 않았다. 세상에서 내가 여자이기에 차별하지 않는 것은 나 자신밖에 없다고 느꼈다. 그 엄청난 피해의식 속에서 나 자신을 소모하면서 살 수는 없었다. 혹시 최강대국 미국이라면 내가 여자라는 것만으로 차별하진 않으리라는 막연한 기대를 가지고 그곳으로 떠났다. 그리고 내겐 막연하게나마 내 자신에게 만들어 준 무기, 바로 꿈과 사명이 있었다. 가서 일자리를 얻었다. 그리고 대학에 들어갈 수 있었다. 하지만 대학에서 무엇을 공부하고 그 전공을 살려 무엇이 되겠다는 구체적인 계획이 없었다. 그리고 스스로 생각하는 것보다 간절하지 않았다. 사랑이 오히려 내 모든 에너지를 끌어갔다. 나의 20대 초중반은 혼돈의 세월이었다. 돌이킬 수도 없지만 그렇다고 후회하지도 않는다. 그것이 바로 나란 사람이었고 현재의 나를 만든 결정적인 경험이기도 했다.

  하지만 선배로서 젊은 그대들에게 전할 말이 있다면 미국에 가겠다는 것이 꿈이 되어선 안 된다는 것이다. 미국에 가서 무엇이 되어야겠다는 것을 희망해야 한다. 그리고 그 무엇이 되어 나를 살리고 세상을 더 이롭게 만드는 것이 세상에 태어난 자로서의 소명이란 것을 잊지 말기를 바란다. 본인의 부모, 혹은 지인의 "가서 뭐 할건데?"라는 질문은 바로 내가 하고 싶은 말이다. 부디 그 말의 의미를 되새길 필요가 있다. 막연한 꿈은 그대의 에너지를 소진하도록 만들 것이다.

주인공은
항상 나다

　　내 인생의 주인공은 나다. 사람들
은 종종 이 사실을 잊는다. 당신이란 존재는 태어날 때부터 세상의
유일무이란 존재였고 그렇게 살아가도록 정해져 있다. 다만 부의
차이, 외모의 차이, 노력의 차이, 품성의 차이 등으로 하는 일이 다
를 뿐이다. 주인공은 항상 잘생기고 부자인 것이 아니다. 그리고 성
격 좋은 사람만 있는 것도 아니며 항상 성실한 것도 아니다. 다만
그런 긍정적인 요소를 지닌 주인공이 주인공답다고 생각할 뿐이다.
　　주인공의 이런 조건을 만든 것은 바로 우리 자신이다. 대다수가
그것을 희망하기 때문이다. 꼭 부자가 아니라도 꼭 잘생기지 않았
더라도 사람은 최소한 성실하고 인간미 넘치는 자신을 꿈꾼다. 전
자는 선천적인 성향이 강한데 비해 후자는 개인의 노력 여하에 따

라 누구나 실현 가능한 범위 안에 있기 때문이다.

　실패하고 싶은 사람은 없다. 악한 짓을 서슴지 않는 사회악이 되고 싶은 사람도 없다. 만약 뜻하지 않게 그렇게 된다 해도 당신이 만든 드라마의 주인공은 역시 당신일 수밖에 없다. 정의로운 주인공이 이끄는 판타지가 아니고 순수하고 지고지순한 인물이 등장하는 멜로나 휴머니즘 드라마가 될 수 없다 하더라도 당신의 드라마는 당신 스스로 만들고 있는 것이다. 또 어떤 사람들은 자신이 만든 드라마에서조차 주인공이 되지 못한다. 자신의 현재 모습을 외면한 채 스스로를 행인 1이나 취객 3, 그것도 아니면 악인 2로 만들어 버린다. 이처럼 자신의 드라마를 제대로 만드는 데 실패한 사람들은 스스로를 실패한 인물, 사회가 필요로 하지 않는 인물로 치부한 채 자신은 절대 주인공이 될 수 없다고 생각해 버린다. 그러고는 그 드라마가 잘못 만들어지는 데 자신은 아무런 영향도 미치지 않았다는 사실에 안도한다. 하지만 그것은 엄청난 착각이다. 다시 한 번 말하지만, 날 때부터 죽을 때까지 당신은 당신 인생의 주인공이다.

　돌이켜보면 나는 마치 성장 드라마를 찍고 있었던 것 같다. 아버지는 더없이 따뜻한 마음씨를 가지고 있는 분이었지만 한 가족의 생계를 온전히 책임질 능력의 소유자는 아니었다. 어머니는 하루하루 버텨 나가는 집안의 살림꾼답게 지독하게 현실적이고 여유가 없는 분이었다. 나는 엿장수 집안의 딸이기도 했고 술집의 딸이기도 했다. '가시나'이기 때문에 어린 나이부터 집안일을 돌보고 어머니를 도와야 했다. 종종 어머니에게 대들고 싶은 충동도 있었지만 그

러지 못했다. 결코 착한 아이라서가 아니었다. 나는 단순한 겁쟁이
였다. 수시로 분통을 터뜨리고 매를 들던 어머니가 너무 무서웠다.
때문에 겉으로 드러낼 수 없었던 분노는 고스란히 내 안에 축적되
어 화산을 만들어 갔다. 그러나 나라 전체가 지독히 가난했던 그 시
절, 그런 나라의 지방의 한 마을에서 나란 존재는 전혀 대수롭지 않
은 아이였다. 하지만 마을 아낙 2나 제천댁이 되고 싶지는 않았다.
그래서 벗어나고자 노력했다. 때론 죽음을 각오하기까지 했다. 그
결과, 약 10년 후 나는 '매 맞는 아내 1'이 되어 있었다. 그게 서진
규 드라마의 최대 위기였다.

거기서 멈추었다면 내 인생은 '어느 시골 소녀의 한계'가 주제인
드라마로 막을 내렸을 것이다. 그러나 한 번뿐인 인생, 신파극을 찍
고 싶지는 않았다. 끓어오르는 분노를 참지 못해 남편을 살해한 어
느 여죄수이거나 한때 꿈 많았던 아줌마로 남아 있을 수도 없었
다. 그대로 주저앉으려는 내 자신을 할퀴고 뺨을 후려쳤다.

또래의 독자에게서 편지를 받을 때마다 나는 내 인생을 돌아본다.
일부러 그럴려고 해서 그러는 것이 아니라 자연스럽게 그렇게 되는
것이다.

그녀는 6남매를 키웠다고 했다. 강원도 산골에서 여고를 졸업한
그녀는 내 첫 책을 읽고 펜을 들었다고 했다.

"서진규 씨의 책을 단숨에 다 읽고 나니 가슴이 터질 것만 같은
안타까움을 견딜 수가 없어 몇 자 올립니다. 대학 합격을 했지만 어
려운 가정형편상 진학을 포기해야 했던 제게 남은 것은 결혼뿐이었

당신은, 당신을 위해 무엇을 희생했는가

습니다. 저 역시 진규 씨와 비슷한 남편을 만나 온갖 수모와 구타와 멸시를 받으며 살아왔습니다. 지난 34년 동안 저 역시 이혼을 몇 십 번 결심하면서도 아이들 때문에 용기를 내지 못하고 '이 어린 것 들을 내 손으로 보란 듯이 잘 키워 내는 것이 더 현명한 일이 아니 겠는가'란 사명감으로 살아왔습니다.

남편을 대신해서 30년 동안이나 가게를 하면서 육남매를 키우기 위해 몸부림친 결과, 모두 고등학교를 졸업시키고 서울로 보냈습니 다. 작년에는 막내아들까지 서울로 보내고 그동안 아이들에게 향했 던 정성을 내 자신에게 쏟으려고 애를 썼지만 막연했습니다.

그런 차에 TV에 나온 서진규 씨를 보게 되었습니다. 한국의 여 성은 이 세상 그 어떤 나라의 여성보다 강하다는 자부심을 느꼈고, 그 감동을 저는 잊을 수 없었습니다. 막내딸에게 부탁해 서진규 씨 의 책도 구입해 보았지요. 그래서 용기를 내게 되었습니다.

여고 때부터 써 보고 싶었던 글을 쓰기 시작했습니다. 남편한테 괴로움을 당할 때마다 나를 달래기 위해 써 내려간 낙서와 일기, 장 사를 하면서 힘들게 얻은 지식, 북에서 월남하신 나의 아버지의 경 험담과 그 역경에 도전하신 지혜, 친정 어머니의 가르침을 표현해 보고자 합니다. 문학에 소질도 없고 기초 실력도 없는 저로서는 '어 떻게 해야 나를 더 발전시킬 수 있을까?'라는 생각에 밤잠을 설칩 니다. 궁리 끝에 내년에는 대학에 도전해 볼까 합니다. 동네 언니라 생각하시고 부디 조언을 부탁드립니다."

그녀에게 박수를 보낸다. 그리고 전혀 늦지 않았음을 알려 드린다. 배움에 나이 제한 따위는 없다. 당신은 훌륭한 인생을 살았다. 나로서는 상상하지도 못할 6남매를 키웠고 그들을 사회에 필요한 인물로 만들었다. 당신의 땀과 희생으로 그들은 올곧게 자랄 수 있었다. 그들을 대신해, 사회를 대신해 당신에게 감사드린다.

당신은 지금까지 희생의 대명사 '한국의 어머니'로 살아왔다. 그리고 이제 그 역할을 그만두려고 한다. 정말 용기 있는 결정이며 모두의 환영을 받아 마땅하다. 참고 견뎌야 했던 그 세월 동안 억눌러 왔던 에너지를 이제 자신만을 위해 쓸 시간이 왔다.

글을 쓰시라. 그리고 대학에서 배움이 필요하다면 그 또한 도전한다고 해도 아무도 말릴 사람이 없다. 자식 또래들과 공부하는 즐거움이 얼마나 대단한지 알려 드리고 싶다. 하지만 직접 경험해야 그 맛을 알 수 있다. 당신이 앞으로 할 일이란 이제 나와 함께 영원한 성장 드라마를 써 나가는 일이다.

이웃집
셋째 딸

　　　　　　　　　　　이웃집 셋째 딸, 아니면 건넛마을
김 씨네 둘째 아들. 태어날 때부터 이름 아닌 순서로 불려지는 그
들, 난 그들을 사랑한다. 날 때부터 마이너인 그들은 거침이 없다.
바로 내가 그랬다. 반대로 최진사 댁 맏아들, 이정승 댁 고명딸은
은수저를 입에 물고 태어났으나 재미없고 무료해 보인다. 정해진
길로만 살아갈 확률이 높기 때문이다. 그렇게 따지고 보면 그저 그
런 집의 첫째들이 가장 불행해 보인다. 멀리 갈 것도 없이 나의 언
니가 그랬다.

　첫째 딸이자 형제 중 맏이였던 언니는 부모님이 원하는 것을 거
부해 본 적이 없다. 언니라고 해서 왜 자신이 바라는 대로 살기를
원하지 않았겠는가. 수많은 동생들이 지켜보고 있고, 무엇보다 부

모님의 심정을 가장 잘 이해해야 하는 자리에 있었기에 그저 참고 견뎠던 것이다. 그리고 그것이 당시의 미덕이었다.

나도 그 미덕을 모르는 게 아니었다. 하지만 그 미덕을 거부했다. 아마도 가난한 집의 둘째 딸이었기에 가능했던 듯하다. 어린 시절에는 어머니가 매를 들며 하는 훈육을 고스란히 받아들였지만 10대 중반 이후부터는 나도 고집을 부렸다. 부모님도 고집 센 둘째 딸에게 본인들이 바라는 삶을 완강하게 주입시키기를 어느 순간 포기했다. 좀 심하게 말하면 그분들의 머릿속에 '뭐 첫째도 아닌데!'라는 생각이 있었을지도 모른다.

내가 이런 이야기를 꺼낸 것은 내 팬 중 상당수가 둘째, 셋째, 넷째이기 때문이다. 그리고 형제가 셋 이상 있는 젊은 친구들 중 상당수가 나에게 하소연을 해 오기 때문이다. 그들은 상당한 고민 끝에 펜을 들었겠지만 나는 그들의 인생살이가 담긴 편지를 다른 편지에 비해 재미있게 읽는다. 내 인생을 닮아 있기 때문이다.

부산의 회계 사무실에 다니고 있는 그녀는 25살이고, 1남 5녀 중 다섯 째 딸로 태어났다. 그녀의 바로 밑 동생이 사내아이다.

"제 아래가 바로 부모님이 기다리시던 아들이지요. 제 바로 밑 동생이 아들이라 저는 언니들보다 남녀 차별에 대해 더 심한 스트레스를 받으며 살아왔습니다. 동생은 단지 아들일 뿐만 아니라 삼대독자이거든요."

이대독자이자 남성우월주의자인 그녀의 아버지는 경제적 능력이 별로 없었던 듯하다. 그녀의 큰언니는 중학교를 중퇴하고 공장에 다녔으며 둘째 언니는 중학교를 졸업했지만 스스로의 힘으로 방송통신고를 거쳐 야간 대학을 졸업했다. 그녀의 유일한 롤모델이기도 했다. 셋째 언니는 방송통신고를 졸업, 공장에 나가다가 독립을 했다. 그녀는 얼마 후 동거를 시작했고 부모님의 반대를 무릅쓰고 결혼을 했다. 넷째 언니는 방송통신고를 2학년까지 다니다 공장에 들어갔다. 현실을 극복해 나간 둘째를 빼고는 그녀의 자매들은 객관적으로 보기에 성공적인 인생을 산 것이 아니었다.

그녀의 부모님은 다섯째인 그녀도 앞선 자식들과 별반 다르지 않을 것이라 생각했다. 그러나 그녀는 초등학교 때부터 언니들의 전철을 밟지 않겠다고 다짐하고 또 다짐했다.

"선생님! 희망이 없이 산다는 건 분명 죽은 거나 마찬가지죠? 전 어릴 적부터 항상 되뇐 말이 있습니다. '내가 이 세상에 태어난 건 분명 이유가 있을 거야. 반드시 난 그 이유를 찾고 말겠어.'라고 말이죠. 그렇지만 저는 때론 그 목소리를 잊곤 합니다. 그래도 선생님의 책을 보고는 제 정열을, 제 결심들을 다시 찾아낼 수 있었습니다. 아무리 힘든 상황에서도 저를 지켜 준 제 목소리에 귀 기울이고 싶습니다."

맞다. 한시도 자신의 목소리를, 희망을 외면하면 안 된다. 대수롭지 않은 출생, 그렇지만 인생이란 누구에게나 단 하나뿐이다. 이웃집 셋째 딸로 태어났지만 죽을 때도 그렇게 존재감 없이 사라질 수는 없지 않은가? 차라리 대들고 맞설 필요가 있다.

"제 이름은 셋째 딸이 아닙니다. 나는 ○○○입니다."

자신의 이름을 찾기 위해서는 자신을 믿어야 한다. 그리고 세상에 이름 석 자를 새기기 위해서는 자신을 희생시킬 준비가 되어 있어야 한다. 우린 첫째도 아니고 둘째도 아니고 더더군다나 셋째도 아니다. 60억 인구 중 유일한 존재이다.

내 안에
또 다른 내가 있다

"여러분, 〈일요스페셜〉 보셨지요?
미군 소령으로 명예롭게 예편하고 현재 하버드 대학 박사 과정을
밟고 있는 서진규 선생님입니다. 뜨거운 박수로 맞아 주십시오!"

강연회장은 박수 소리로 가득했다. 턱이 덜덜 떨려 왔다.

'내가 어떻게?'

내 머릿속에는 '내가 어떻게?'라는 물음만 남아 있었다.

내 딸 성아와 나는 1999년 KBS의 다큐 프로그램인 〈일요스페셜〉
에 소개되었다. 그 방송에 나가기로 합의를 할 때도 방송에 나간 후
에도 여전히 나는 나였다. 하지만 주변이 들썩였다. 셀 수도 없는
팬레터들이 쏟아졌다. 공부하기도 바빴지만 '당신의 인생을 더 자
세히 소개해 달라'는 요청에 시간을 쪼개 첫 자서전을 단 14일 만

에 쓰기도 했다. 그 책이 베스트셀러가 되면서 나는 세상에 확실히 알려졌다. 나도 사람인지라 그런 성원에 들떴고 정신이 없었다. 그리고 정신을 차려 보니 강연회의 연사로 초청되어 있었다.

'내가 어떻게?'

강연회장으로 나가야 하지만 그 물음은 여전히 지워지지 않았다. 삶은 그 시간을 치러 낸 사람들 모두에게 각별하다. 내 인생도 늘 내게는 각별한 것이었다. 그렇지만 남들 앞에서 눈을 마주보며 '내 인생은 이러했다'라고 말할 수 있는 뻔뻔함은 없었다. 나에게는 대단하고 만족스러운 과정이었지만 그것이 다른 사람에게 진정성 있게 다가가 가슴을 울릴 수 있다는 것을 믿기 힘들었다. 하지만 약속은 약속, 나는 단상을 향해 한 발을 내딛었다. 강연회장에서 받은 첫인상은 '눈'이었다. 수많은 눈들이 나를 쳐다보고 있었다. 목이 말랐다. 하지만 난 연단에 있는 물컵으로 손을 가져갈 수 없을 정도로 긴장하고 있었다.

"안녕하세요. 서진규입니다."

그 한마디 하기가 정말 힘이 들었다. 사람들의 눈은 저마다 각양각색의 생각을 담고 있었지만 거기에는 공통적으로 '기대감'이 숨어 있었다.

난 군인이었다. 그리고 상사 앞에서, 동료 앞에서 수차례 브리핑을 한 경험이 있었다. 믿을 수 있는 것은 그것뿐이었다. 그러나 강연회는 브리핑과는 전혀 달랐다. 내 말 한마디 한마디에 청중들은 시시각각으로 반응을 했다. 그들은 한숨짓고 놀랐으며 울고 박수를 쳤다. 나는 나도 모르게 더 격앙되어 소리를 지르기도 하고 자연스럽게 슬픔에 휘둘리기도 했다. 그런 내 자신이 놀라웠다.

전율…… 전율이 내 몸을 타고 흘렀다. 강연회장에 들어서면서도 나를 떠나지 않았던 자격지심 따위는 사라진 지 오래였다. 내 인생이, 내 경험이 당신들 인생의 자양분이 될 수 있다면 내 모든 것을 보여 줄 수 있다는 생각이 가득했다.

청중과 호흡하는 순간순간이 숨 막히도록 즐거웠다. 나는 고향 마을의 옆집 순이이기도 했고 매 맞는 아내였으며 동등한 기회를 외치는 한국 출신의 미군 장교였다. 그리고 어머니였다. 그때 나는 깨달았다. 강연은 내 천직이었다. 강연과 함께 나는 다시 태어났다. 그 순간 나는 제2의 인생을 얻은 것이었다. 내 나이 오십이 넘어서였다. 정말 뜻하지 않은 기회에 낯설지만 또 다른 나를 찾은 것이다.

삶은, 인생은 그렇게 다채롭다. 그것이 언제 어떻게 변할지 한낱 인간인 우리는 예측할 수가 없다.

간혹 드물게 좀 늦게 새로운 자신을 발견하는 사람을 만난다. 그들 대부분은 과연 그 길을 가야 하는지를 앞에 두고 망설인다. 나는 그들이 어떤 선택을 하건 관여할 필요가 없다. 선택은 온전히 본인의 몫이기 때문이다. 뒤늦게 발견한 재능을 선택한다고 해서 평탄한 길을 걷는 것도 아니다. 선택이란 단어의 뒤에는 반드시 '고난'이 따라 붙는다.

선택에 관해 가장 기억에 남는 사람은 새 천년이 시작되던 2000년도에 온 편지의 주인공이다. 그녀는 31살이었고 유럽과 미국에 머문 적도 있는 다양한 경력의 소유자였다. 문제는 그 이전에 그녀가 어떤 직업을 가지고 어떤 활동을 했든 갑자기 그림이 그리고 싶어졌다는 것이었다. 그것은 잠깐의 떨림이 아니었다. 잠을 자면서도 그림을 떠올렸다. 그림을 그리고 싶은 욕망은 그녀를 잠시도 놓아주지 않았다. 그녀는 결국 그림을 그리기 시작했다. 이전까지 이뤘던 모든 것을 버리고 과감하게 그림을 그리기 위한 인생으로 돌아선 것이다. 주변에서는 그녀에게 '미쳤다'고 했다.

"전 제가 그림을 그리며 살아야 하는 사람이란 걸 알아요. 그래야 제 자신을 제대로 사랑할 수 있고, 그래야 세상과 주변을 돌아보며 그들과 평화롭게 공존할 수 있다는 걸 느낍니다. (…) 일상의 화두가 그 길을 모두 봉쇄하는 듯 여전히 서슬 퍼렇지만, 그러나 전 도전해야 해요. 마지막 시도가 설혹 죽음이라 해도. 그렇지 않으면 전 정말 제 자신과 영원히 화해하지 못할 거니까. 절대로 제 자신을 용서하지 못할 거란 것을 아니까."

그녀는 글의 마지막에 라인홀트 메스너란 산악인에 대해 이야기했다.

"사람들은 그를 국제적인 전위등산가로 즐겨 부르죠. 6대륙에 있는 최고봉 모두를 등정했어요. 그는 스스로 자신이 산에 병들었다고 말해요. 고산에 오를 때마다 장비를 챙기면서 운다고 하더군요. 무서워서 운대요. 너무 무서우면 싼 짐을 다시 다 푼대요. 하지만 얼마 지나면 또 울면서 다시 짐을 싼대요. 그에게 산은 무섭지만 꼭 가야 하는 곳인 거겠죠. 그 얘기를 읽고 잠시 눈물이 났습니다.

그래요. 누구에게나 무서워도 가야만 하는 길이 있어요. 눈물을 흘리면서도 포기할 수 없는 길. 한동안 뜬금없이 울고 나서 눈물로 비워진 마음에 대신 용기를 채우기로 했습니다."

그래, 옳다. 하지 않고 나중에 후회하는 것보다는 무섭더라도 하고 싶은 것에 도전하는 것이 좋다. 선택은 당신이 하고 성공도 후회도 당신이 하는 것이다.

삶이라는 공부
당신이라는 노트

　　　　　　사람마다 하고 싶은 일이 따로 있
다. 자신의 재능이나 하고 싶은 일을 뒤늦게야 찾는 이도 있지만 그
것을 일찍부터 찾는 이가 있다. 하지만 그런 사람들에게도 고민은
있다. 그리고 그 고민이 한 가지에 국한되리란 보장도 없다.

　언젠가 한번 젊은 청년에게 질문을 받았다. 그는 제대를 앞둔 군
인이었고 홀어머니를 모시고 있는 외아들이었다. 그는 비교적 좋은
대학의 취직이 잘되는 학과의 휴학생이기도 했다.

　"선생님, 저는 취직하는 것이 저를 홀로 키운 어머니에게 최고의
선물이라는 것을 압니다. 그렇지만 지인들과 힘을 합쳐 전공을 살
린 사업체를 직접 꾸리고 싶은 욕심도 있습니다. 제가 어떤 길을 가
는 것이 옳을까요?"

안정된 직장에 취직을 하는 것이 사업을 하는 것보다 향후 삶을 더욱 잘 보장해 줄 것이니 어머니가 기뻐하시겠지만 자신은 정작 사업이 하고 싶다는 말이었다. 어머니를 생각하는 마음이 갸륵한 선량한 청년임에 틀림이 없었다.

"사업을 하고 싶다는 것은 무엇 때문인가요? 돈을 더 많이 벌 수 있기 때문입니까?"

"아니요. 저 자신을 증명하고 싶기 때문입니다."

"학과 성적은 어땠나요?"

"예, 장학금도 여러 차례 받았습니다."

"이미 증명하고 있군요."

"예?"

"그 좋은 대학의 인기 좋은 학과에서 장학금을 받았는데 더 큰 증명이 당장 필요하나요? 일단 취직을 하세요. 그리고 사회에 대해 배우고 효율적으로 일을 하는 방법을 배우세요. 직장과 사업 모두 당신의 꿈의 연장선상에 있습니다. 단계를 밟고 보다 구체적인 꿈을 꾸십시오. 어머니의 행복도 바로 거기에 있을 겁니다."

사람들은 내가 성격이 급할 것이라는 선입견을 갖고는 한다. 그러나 급한 것과 부단한 것은 엄연히 차이가 있다. 난 결코 급한 성격이 아니다. 지치지 않으려고 노력할 뿐이다.

성공을 빨리 이루려 하지 말라. 세상이란 그리 호락호락하지 않고 평면적이지도 않다. 22살 청년이 동료들만 믿고 돈 한 푼 없이 사업을 시작하기에 21세기 한국 사회는 그리 만만하지 않다. 직장 생활이 시간 낭비라고 생각한다면 오판이다. 직장도 학교와 다를 바 없다. 매일 매일 공부하고 배우면서 밥벌이를 하는 곳이 직장이다. 그 속에서 자신의 경쟁력이 무엇인지 찾아보는 것이 일의 순서다.

그러고 나서 전공을 살린 사업을 해도 조금도 늦지 않다. 그런 과정 속에 바로 당신의 삶이 있다. 또한 그 시간 속에서 또 다른 당신의 재능을 발견할 수도 있다. 그때는 어떻게 할 것인가? 스스로에게 공부할 수 있는 시간, 좀 더 많은 인맥을 쌓을 시간을 주자.

몇 년 전에는 대통령이 되고 싶어 하는 의과 대학생을 만난 적도 있었다. 그는 자신의 꿈과 학과가 별개의 것이라 판단하고 절망하고 있었다. 나는 그때도 위와 비슷한 대답을 해 주었다.

"병자는 친절한 의사에게 쉽게 마음을 열고 또 진심으로 따릅니다. 그들을 치료하면서 당신의 국민을 배우세요. 그들의 삶과 생각을 배우고, 그들에게 어떤 대통령이 필요한지를 배우세요. 국민을, 그리고 그들의 뜻을 모르고 어찌 나라를 위한 대통령이 될 수 있겠습니까? 훌륭한 의술로 국민들을 구하면서도 틈틈이 정치 공부를 하십시오. 정치 이론은 물론, 과거, 현재, 미래의 정치까지. 그러고 난 후 30~40년 후에 이 나라의 대통령이 되십시오. 권력을 위한, 그리고 자기 자신만을 위한 대통령이 아닌 국민을 아는, 국민을 위한 대통령이 되어 당신의 국민을 위해 몸과 마음을 바치십시오."

그는 대통령이 되기 위한 공부가 따로 있다는 잘못된 판단을 하고 있었던 것이다. 한국의 대통령들이 학교에서 무엇을 전공했는지 살펴보라. 역대 미국의 대통령도 알아보라. 정치학 전공자는 의외로 적다. 현 미국 대통령인 버락 오바마는 법학을 공부하고 인권 변호사로 활동하다가 1997년에 이르러서야 정치에 입문했다. 그리고 우리 모두 알다시피 그는 흑인이다. 그의 아버지는 미국인도 아니었다. 과거의 기준으로 보자면 그가 미국의 대통령이 될 가능성은 몇 퍼센트였을까? 하지만 그는 연임에도 성공했다.

탈출구는
게으른 자에게는 보이지 않는다

앞에서 나는 10대의 꿈 많은 소년 소녀에게 조언을 했다. 이야기가 길었지만 내가 하고자 했던 말의 핵심은 '구체적인 꿈을 꾸라'는 것이었다. 그 나이 때는 구체적인 꿈을 꾸고 그것을 이루기 위해 행동을 시작한다는 것만으로도 충분히 할 도리를 다한 것이다. 만일 경제적으로 윤택하지 못하다거나 아직 구체적으로 하고 싶은 일이 무엇인지 알지 못한다면 나는 적극적으로 '노동'을 해 볼 것을 권장한다. 차라리 학교를 1년 쉬는 한이 있어도 인생을 길게 보고, 프로젝트를 원대하게 가지면서 조금은 돌아가는 것도 필요하다. 중학교, 고등학교 몇 년 늦게 졸업한다고 해서 큰일 날 것은 아무것도 없다.

많은 어른들이 청소년 시기의 1년이 늦어지면 마치 인생이 한참 늦어지는 것처럼 이야기하는 것에 나는 동의할 수 없다. 차라리 그 1년을 식당에서 일하고 막노동을 할지언정 내가 무엇을 하고 싶은지 그 꿈을 실현시키기 위해 무엇이 필요한지 아는 것이 그들에게는 더욱 중요하다. 노동은 자신이 누군지 분명히 알려 주는 특효약이다. 자신을 알고 타인의 삶을 체득하는 것이 안 되는 공부, 하기 싫은 공부를 붙들고 있는 것보다 훨씬 밀도 높은 시간이 될 것이라고 단언할 수 있다.

그러나 20~30대는 이보다 더 큰 희생을 치를 준비가 되어 있어야 한다. 한때 다른 일을 경험하는 것이 아니라 이미 꿈을 향해 가야 하는 나이다. 그리고 그 행위에 소요되는 모든 경제적인 비용을 스스로 충당할 수 있어야 한다. 물론 피치 못할 사정이 있다면 부모에게 어쩌다 한 번씩 손을 벌릴 수는 있지만 궁극적으로 자신의 앞가림은 스스로 할 줄 알아야 한다.

만일 대부분의 비용을 아직도 부모가 충당하고 있다면 그는 혹은 그녀는 게으른 사람이다. 이는 변명이 필요 없다. 이런 사람들은 꿈을 꾸어도 몽상일 경우가 대부분이다. 무엇이 되었든 좋다. 학생이라면 장학금을 타는 방법, 아르바이트를 하는 방법이 있을 것이고 이미 직장인이어도 마찬가지다. 자신의 꿈에 드는 비용은 스스로 지불하는 것이 최선이다.

간혹 변변치 않은 젊은이에게서 편지가 오는 경우가 있다. 나는 그들에게 답장을 하지 않는다. 그것이 당장 그에게 줄 수 있는 유일한 벌이라 믿기 때문이다. 나는 세상 모두를 안아 줄 수 있을 만큼

막연한 꿈은,

희망의 에너지를 소모하도록 만든다

품이 넉넉한 사람이 아니다. 내칠 땐 내치고 화가 날 때는 화를 낸다.

기억에 남는 편지가 하나 있다. 그 젊은이의 고민은 유학을 가고 싶은데 집안에 돈이 없다는 것이었다. 있을 수 있는 일이었다. 그렇지만 내용을 깊이 들어가 보면 그의 부모는 그에게 투자를 아끼지 않았다. 그는 대학을 두 군데를 다녔다. 처음 다니던 대학은 적성에 맞지 않아 그만두었다. 군대에 가서 스스로 내린 결정이었다. 그리고 제대 후 다른 대학, 다른 학과에 시험을 쳐서 붙었다. 이미 다니던 학교에는 자퇴서를 낸 상태였다. 그리고 부모님께 손을 벌렸다. 아버지가 버는 돈으로는 부족해 그의 어머니는 쉰 살이 넘은 나이에 통닭을 가공하는 공장에 다니고 있었다. 그는 이 모든 상황을 인지하고 있으면서도 이번에는 유학을 가고 싶은데 집이 가난해 걱정이 된다며 조언을 부탁했다.

당신은 한심한 젊은이다. 당신의 부모는 그 나이든 몸을 희생하며 당신을 키웠고 남들은 한 번도 얻기 힘든 기회를 두 번이나 마련해 주었다. 그렇지만 당신은 당신을 위해 무엇을 희생했는가? 당신이 걱정하고 장애물로 여기는 가난은 진정 가난이 무엇인지 모르는 자의 어리석은 생각이다.

당신은 알고 있을 것이다. 지금 당신이 무엇을 해야 하는지. 모른다면 말이 되지 않는다. 공부를 하라. 그리고 가난하다면 일을 하라. 당신의 유학 비용은 스스로 마련하라. 그것을 못하겠다면 당신의 유학은 불가능하다. 유학 비용을 마련하기 위해 소요되는 노동, 그 순간 흘리는 피땀은 소모가 아니다. 자신을 위해 당연히 해야 하는 것이다. 진정 자신을 위해 애쓰는 부모님이 안쓰럽다면 그들을 웃게 해 주어야 한다. 그것은 당신이 행복하게 살면 되는 것이다. 행복은 희생을 먹고 자란다. 피를 흘리지 않고서는 도저히 쳐다볼 수 없는 곳에 위치한 것이 행복이다. 아마도 당신의 부모는 그렇게 당신이 노력하는 모습만 보아도 행복할 것이다.

그 정도의 일로 인상을 찌푸리지 말라. 아직 당신은 스스로를 위해 단 한 번도 노력하지 않았고 희생하지 않았다. 세상살이는 머릿속으로 해결할 수 없다. 삶은 육신의 고통, 배고픔에서 진정성이 느껴지는 것이다. 꿈을 이루고 싶다면 누군가에게 기대는 것이 아니라 자신을 다그치는 것에서부터 시작해야 한다. 발악하라. 당신의 나태함을 미워하라. 땀을 흘려 유학의 꿈에 다가가라. 탈출구는 절실한 사람만이 찾아낼 수 있고 마침내 그 고난의 통로를 통과할 수 있다.

엄마, 아내,
그리고 불어 동시통역관

1999년, 나는 취해 있었다. 이른바 세상에서 성공이라고 부르는 것에 흠뻑 젖었기 때문이다. 내 삶이 방송에 소개되고 내가 쓴 책이 서점가에서 일약 히트를 치자 나는 한순간에 공인이 되어 버렸다. 하마터면 그때 학업에 대한 욕심을 접을 뻔했다. 눈앞에 확 트인, 또한 편안해 보이는 길이 열렸기 때문이다. 그저 쓸모없는 여자가 아니라 한 사람으로서 동등한 기회를 얻고 싶어 도미하고, 일병에서 시작해 소령에까지 이르고, 수많은 대학을 전전하며 마침내 하버드에 이른 삶은 이미 충분히 고단했다. 여기에서 그만하고 강연자로서 살아가는 것도 괜찮을 거라고 생각했다. 하지만 반면에 내 자신에게 '천만에!'라고 외치는 내가 있었다. 그녀는 나를 보며 그저 이 상태에서 안주하면 네 삶의 방식을 스스로 저버리는 꼴이라고 비웃고 있었다.

일본에 가는 길이었다. 김포공항에서 수속을 마치고 화장실까지 들렀다 나오는 길이었다. 40대 후반쯤 되어 보이는 한 여성이 나를 보더니 느닷없이 내 손을 붙잡았다.

"어머! 이게 꿈이에요, 생시에요!"

그때부터 종종 발생했던 이런 낯선 만남에 나는 이미 어느 정도 익숙해져 있었다. 나는 짐짓 마주 보며 웃어 주었다. 공인이라면 그래야 한다고 정해진 것처럼, 그런 전형적인 웃음이었을 게다. 그러나 그녀는 내 손을 놓지 않았다. 그녀는 무대 위에 오른 배우처럼 대사를 쏟아냈다. 다행히 나는 시간 여유가 있었고 말하기만큼이나 듣는 것도 좋아하는 성미라 그녀의 이야기에 귀 기울였다.

그녀는 유복한 환경에서 자랐고 어릴 때 꿈이 '불어 동시통역관'이었다. 그래서 좋은 대학의 관련 학과로 진학했다. 그리고 남자를 만났다. 좋은 집안, 우수한 두뇌의 엘리트였다. 또한 성품도 온화한 타고난 신사였다. 나는 그녀의 이야기가 그쯤 흐르자 그녀의 이후 인생이 눈에 그려졌다. 해도 해결나지 않는 질문이지만 왜 그 시절에 여자는 사랑과 일을 동시에 갖지 못했을까? 여자는 사랑에 빠지면 세상의 기준이 자신의 성공이 아니라 그 남자의 성공으로 이동한다. 그 남자와의 사랑이 세상에서 가장 중요한 것이 되고 그 남자가 없는 미래를 그릴 수 없다. 이런 미련한 짓을 나도 했고 수많은 다른 여성도 했다.

그래서 그녀는 대학을 졸업하기는 했으나 불어 동시통역관의 꿈은 접었다. 졸업과 동시에 그 남자와 결혼을 했다. 행복했다. 건강하고 사랑스러운 자녀도 두었다. 남편의 행복, 아이들의 행복이 곧 자신의 행복이 된 주부로서 그녀는 자신의 일에 최선을 다했다.

"근데요 선생님, 어느 날 보니까 제 곁에 아무도 없더라고요. 아이들은 이제 다 컸다고 집에 붙어 있지를 않고 남편은 남편대로 회사의 중역이 되니까 거의 얼굴을 보기 힘들었어요."

갱년기의 시작. 갱년기는 우울증으로 번진다. 허망함, 인생의 허망함을 느끼면 사람의 마음은 와르르 무너지게 마련이다. 그녀는 늘 가족의 편이 되어 주는 편안한 엄마이자 아내의 자리에 싫증이 났다. 종종 술을 마시고 그동안 마음에 담아 두었던 쓸쓸함을 가족에게 울면서 퍼붓기도 했다. 가정이 흔들렸다.

"그때 선생님이 쓰신 책을 봤어요. 내가 미쳤죠. 나보다 나이도 많은 선생님은 그 많은 것을 이루고도 아직도 박사 과정을 밟고 있는데 나는 뭔가 하는 생각이 들었어요."

그녀는 비로소 냉정하게 자신을 바라볼 수 있었다. 그녀는 실패한 인생과는 거리가 멀었다. 남편은 그 힘들다는 대기업의 임원이 되었고 아이들도 모두 우수한 인재로 자랐다. 그녀의 뒷바라지가 없었다면 불가능했을 것이다. 그녀의 희생을 토대로 가족은 행복할 수 있었다. 다만 이제는 그 희생의 방향을 자신에게 돌릴 때가 된 것이다. 그녀는 공부를 시작했다. 불어 공부에 몰두하자 아이들과 남편이 적극적인 후원자가 되어 주었다. 놀라운 변화였을까. 아니, 나는 그렇게 생각하지 않는다. 그동안 그만큼 그녀가 헌신했기에 가족들은 그녀의 공부를 진심으로 도와주고 싶었을 것이다. 그녀의 공부는 단순한 일회성에 그치지 않았다. 그녀는 프랑스로 유학을 결심했다. 그녀의 결심에 가족 누구도 반대하지 않았다.

"제가 지금 프랑스에 가는 길이에요."

그녀의 말에 내 몸속에 전율이 흘렀다.

"근데요. 제가 방금 전까지만 해도 내가 미친 거 아닌가 하고 후회를 하고 있었거든요. 이 나이에 무슨 프랑스에 가서 공부를 하겠다는 건지. 내가 미친 건 아닌지……. 근데 선생님이 내 앞에 나타난 거예요."

그녀는 눈물을 펑펑 흘리고 있었다. 말하지 않아도 그녀가 어떤 갈등에 빠져 있었는지 알 수 있었다. 이미 충분히 성공한 삶을 살아온 그녀는 그 안정적인 삶을 버리려고 하고 있었다. 하나를 외우면 세 개를 까먹는 나이, 그 나이에 공부하는 수고로움을 내가 왜 모를까. 하지만 연륜이 있기에 하나를 깨우치면 열 가지가 이해가 간다. 그렇기에 결심을 굳혔을 때 밀고 나가야 한다. 설혹 나중에 실패할지라도 그런 희생은 값어치가 있다.

"아, 정말 홀가분하고 기쁘네요. 선생님을 딱 보니까. 후회하지 않을 자신이 서네요."

이후 그녀가 어떻게 됐는지는 모른다. 학업을 마치고 동시통역사가 되었는지, 아니면 학업만을 마쳤는지, 그것도 아니면 중도에 포기했는지. 하지만 모두 가치가 있다. 그녀의 용기를 우선 가족들이 기억해 줄 것이고 나도 기억할 것이다.

성공의 기준이 무엇인지 나는 아직 모른다. 다만 행복하지 않다면 성공이 무슨 소용이겠는가. 그녀의 프랑스에서의 삶은 분명 행복했을 것이다.

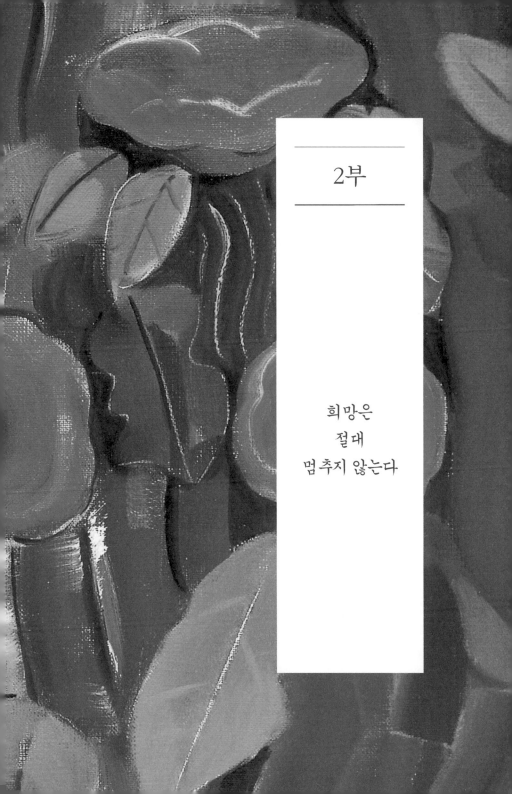

2부

희망은
절대
멈추지 않는다

우리가 물려줄
유일한 유산은
희망이다

인내할 줄 아는 자가
강한 자다

　　'조급증'. 우리나라 교육의 흐름을
보면 나는 조급증이라는 단어가 제일 먼저 머리에 떠오른다. 정부
는 수시로 교육 체계와 입시 제도를 바꾼다. 문제점이 있으면 고치
는 것은 당연한 일이다. 그러나 의견을 듣고 수렴하는 것이 너무 다
급하다. 기존 제도의 장점을 남길 수 있는 방법, 새로운 제도의 시
행착오를 줄일 수 있는 방법을 더 고려하고 해결하려고 노력해야
한다. 정부가 다급하게 일을 하니 이를 수렴해야 할 현장의 선생님
들과 학생, 학부형들은 엄청난 시행착오와 그에 따른 스트레스를
받는다.

　　우리의 학부형들은 귀가 얇다. 인생은 한 번뿐이다. 그리고 교육
의 기회도 그렇게 여러 차례 오는 것은 아니다. 안다. 나도 그것을

안다. 그렇지만 아이들을 학교 이외의 수많은 학원에 보낸다고 해서 책임을 다 했다 할 수 없다. 영어를 배우기 위해서 가족과 떨어지는 조기 유학을 단행하는 것이 아이들의 미래를 위하는 행위라는 것에도 동의할 수 없다.

교육이란 스스로 인생을 살아갈 수 있게 가르치는 것이 그 핵심이다. 학교 이외의 교육이 필요하다고 하여 마치 유행을 따라하듯 이곳저곳 닥치는 대로 보내는 행위는 이해할 수 없다. 그리고 가족이라는 울타리는 가족 간 사랑이 사라졌을 때 의미가 없어지는 것이다. 그조차도 아이에게는 납득할 수 없는 정서적 불안감을 주는데 단지 외국어 공부 하나 하겠다고 서로 떨어져 지낸다는 것은 있을 수 없는 일이다.

나에게 조언을 구하는 편지 중 자녀 교육에 관한 것이 무척 많다. 국내에 있는 부모들은 지나친 사교육비가 걱정이고 유학을 보낼 비용을 만드는 것이 걱정이다. 조기 유학으로 남편을 두고 홀로 떠난 엄마들은 엄청난 비용을 들여 떠난 그곳에서 아이들이 엇나갈 걱정, 또 추가로 들어가는 돈 걱정, 외로움에 대한 걱정을 하면서 산다.

내가 보기에는 모두 사서 고생하는 사람들이다. 그리고 한 가지의 목표를 세우고 계획을 했는지도 물어보고 싶다. 물론 계획대로 되는 것은 별로 없다. 그러나 비용 문제만큼은 엄정하게 계산한 후 시도해야 하는 것이다. 가정 경제에 무리를 줄 만큼 교육에 투자를 하는 것은 바보 같은 짓이다. 그것은 본인들에게도 아이들에게도 부담을 주는 최악의 선택이다. 남들이 그러는데 그 학원이……, 남들이 그러는데 영어를 못하면……, 남들이 그러는데 ……. 도대체 그 '남들'은 누구이며 왜 유독 교육에 관해서는 남들 말을 잘 듣는지 모르겠다. 차라리 귀를 닫아라.

고등학생이면 자신이 어떤 인간인지, 어떤 일에 잘 어울리는 사람인지 어슴푸레하게나마 알 나이다. 뚜렷하게 꿈을 세웠다면 좋을 나이지만 아니어도 조급할 필요가 없다. 직접 경험을 하고 체득을 하면서 꿈을 찾아도 늦지 않다. 의사, 변호사, 검사만이 직업이 아니다. 그리고 직업이 꿈이라는 결론도 섣부르다. 아이들의 미래는 아이들이 걱정하게 내버려 둬라. 당신은 그저 조언자일 뿐이다.

글로벌 시대에 필수적이라고 하는 영어도 국내에서 충분히 배울 수 있다. 언어의 습득 과정은 지난하다. 단기간에 배우려고 하는 자세가 우선 잘못됐으며 그렇게 급하게 습득시키기 위해 아이와 아빠를 혹은 엄마를 떨어뜨려 놓는다는 생각은 지나친 비약이다. 도대체 무슨 권리로 아이의 행복 추구권을 박탈하는가. 홀로 떨어져 있는 기러기 아빠들은 도대체 무슨 고생인가. 남자든 여자든 노동을 통해 재화를 마련하는 일련의 행위는 가족과 행복하게 지내기 위해서다. 아이의 미래가 유학에 달렸다는 판단 자체가 기가 막히지만 만일 그렇다고 해서 정상적인 가족을 떨어뜨릴 수 있다는 것은 어불성설이다. 그 과정 속에서 가족의 누구도 행복할 수 없다.

가족의 인위적인 해체가 얼마나 많은 사회 문제를 일으키는지 우리는 매일 미디어를 통해 듣고 있지 않은가. 다시 말하지만 가족

스스로 찾은 절실함, 그것이 희망이다

의 해체는 애정 문제가 깨졌을 때 법적으로 가능한 것이다. 그 외에는 지키고 어우러지는 것이 진리다.

제발 그 귀를 닫자. 남들과 똑같이 사는 것이 진리가 아니다. 조금 늦더라도 무엇이 옳은 결정인지 생각하고 다듬어 나가자. 아이는 애정을 먹고 자란다. 애정 속에서 미래가 피어난다. 아이가 원하지도 않은 조건을 만들어 나중에 무엇이 되어야 한다고 가르치는 것은 교육이 아니다. 그런 아이들은 열에 아홉은 심성이 뒤틀릴 수밖에 없다.

그래서 우린 때때로 높은 학력의 소유자 중에서도 흔히 '싸가지가 없는 사람'을 만나는 것이다. 버르장머리 없이 자기만 아는 아이는 자라서도 그런 사람이 된다. 그런 사람은 결코 성공하지 못한다. 남들과 어우러지는 법을 모르기 때문이다. 그런 사람으로 성장한 뒤 그렇게 모든 일을 지시하고 돌봐주던 당신이 세상에서 없어지면 어떻게 되겠는가. 그 사람은 어린 시절 익혀야 했던 겸손, 배려를 나이가 들어 다시 배워야 할 것이다. 그것도 아주 힘들게.

딸을 키울 때 내 역할은 치명적인 사고가 없도록 울타리를 쳐 주는 것이 다였다. 그 안에 넘어질 수 있는 돌부리가 있고 조그만 낭떠러지가 있다는 것도 알고 있었다. 인생은 다치고 넘어지고 때론 부러지기도 하면서 사는 것이다. 그것을 알기에 생명에 지장이 없는 한 다치는 것을 방관했다. 그것이 성장하는 방법이다. 까불면 다치고 겸손하지 않으면 손해라는 것을 스스로 터득하도록 내버려 두었다.

그것이 내가 나의 어머니에게 배운 방식이었다. 고등학교 졸업 당시 미국의 대통령상을 타고, 하버드를 졸업한 내 딸은 초등학교에서 고등학교까지 모두 공립을 다녔고 사교육은 거의 받지 않았다. 나를 닮아서인지 초등학교 초반에는 꼴찌를 면치 못했다. 그런데도 결국 하버드를 졸업했다. 또 성아는 하버드의 그 비싼 학비를 전부 스스로 벌어서 부담했다. 어릴 때부터 경제 자립 훈련을 시킨 덕분이다. 성아를 키울 당시에도 내 주변에는 '남들'이 많았고 나역시 귀가 얇은 편이었다. 그러나 한석봉의 엄마가 그러했듯 나는 '남들'보다 더 중요한 것이 무엇인가를 알았다. 그리고 자식을 강하게 키우는 것이 부모의 중요한 책임이라는 확고한 믿음이 있었다.

지나친 관심과 참견보다는 차라리 방관하고 방치하는 것이 아이들에게 좋다. 인내하라. 아이 스스로 자신에게 필요한 것이 절실해질 때까지 지켜보고 참을 줄 알아야 한다. 그럴 수 있다면 당신은 강한 자식을 얻을 수 있다.

세상을 밝히는
수많은 별

우리나라의 교권이 땅에 떨어졌다
는 말은 이미 십수 년 전부터 들어 왔다. 진정 가슴 아픈 일이다. 선
생님이란 존재는 아이들에게 부모 다음으로 중요하다. 나에게도 그
랬다. 내 손금을 보며 '큰 인물이 될 것'이라고 말해 주었던 선생님
이 없었다면 나는 세상을 향해 나 자신을 드러낼 생각도 못했을지
모른다. 그 선생님은 나에게 난생 처음으로 내가 대단한 존재가 될
수 있고 그럴 만한 능력을 가지고 있는 아이란 것을 인정해 준 사람
이었다. 설혹 그것이 손금에 근거한 하찮은 것이었을지라도 말이다.

그만큼 아이들에게 있어서 선생님이란 그 무엇으로도 대체할 수
없는 자리에 있는 존재다. 하지만 교육이란 어렵다. 그리고 갈수록
어려워지고 있다. 난 교육자라 부를 수 있는 사람은 아니지만 선생

님들로부터 상당한 질문을 받는다. 그만큼 선생님들 본인들이 교육에 관해 고민이 많고 현실이 답답하기 때문일 것이다.

"여자 중학교의 선생님인 저는 아이들에게 사회에서 여성이 얼마나 중요한 위치에 있는지 강변해 왔습니다. 사회를 바르고 아름답게 하는 역할은 남성에 비해서 여성이 더 빠른 효과를 낼 수 있기 때문이지요. 저는 아이들에게 희망과 꿈을 주고 싶습니다. 그러나 지금의 아이들은 풍요로움 속에서 순간적인 즐거움과 제 자신만 아는 이기주의에 물들고 있습니다. 가장 뼈아픈 것은 배려심이 사라지고 있다는 것입니다. 상대를 배려하지 않기에 타인을 상처 입히는 일이 흔하게 일어나고 있습니다. 그러한 행위가 바뀌지 않고 계속된다면 이 사회는 점점 더 어두워지겠지요. 자신만 아는 여성이 아이를 낳고 또 그 자녀가 성장해서 아이를 낳고……. 세상에는 할 일이 참 많은 듯합니다. 돌아보며 살펴 주고 어루만져 주며 함께 아름답게 살아가야 한다고 생각합니다. 선생님의 책을 읽으면서 선생님께서는 우리 아이들에게 꿈과 희망과 자신감을 주실 수 있겠다는 확신이 들었습니다. '어떻게 하면 미래의 희망들에게 선생님의 힘을 느끼게 할까? 아이들에게 생각의 전환을 줄까? 세상의 많은 할 일들을 알게 해 줄까?'라고 항상 생각합니다.

제가 아이들에게 수업 시간에 간간이 들려주는 이야기는 너희는 미래의 희망이고, 아프리카에서 굶어 쓰러져 가는 아이들에게 희망의 빛이 되어야 하고, 사회를 바로 서게 하는 소금과 같은 역할을 해야 하고, 자연환경을 생각해서 함부로 쓰레기를 버리지 않는 아이들이 되어야 하고, 많은 사람들에게 위로와 배려를 해야 하고, 또 음식을 소중하게 생각하고, 무한한 능력을 갖춰야 한다고 거의 매일 잔소리를 하고 있습니다. 참 예쁜 아이들입니다. 더 잘해 주고 싶고, 더 많이 느끼게 해 주고 싶습니다.

선생님 자라나는 청소년들에게 희망을 주십시오."

나는 선생이라기보다는 군인에 가깝다. 때문에 아이들의 교육에 대해 섣불리 말하기 어렵다. 그렇지만 이 말은 할 수 있다. 우리의 아이들이 배려심이 없고 자기만 아는 것은 모두 우리 어른들의 책임이라는 것이다. 첫째는 부모의 책임이 크다. 하나 혹은 둘뿐인 자식이 왜 소중하지 않겠는가. 아이들이 해 달라는 것은 모두 해 주고 싶고 잘못한 것이 있어도 우선 감싸고 싶은 것이 본능이다. 하지만 부모라는 자리는 단지 아이를 감싸는 역할만 해서는 안 된다. 가정이 병들면 지역 사회가 유지되기 힘들고 국가가 무너진다. 좀 더 크게 '우리'라는 의미를 확대시키고 나의 아이가 아니라 사회의 한 구성원이라는 책임의식을 아이들에게 가르쳐야 한다. 남과 함께 더불어 사는 방법을 모른다는 것은 사회적 인간이 되기 힘들다는 말과 같다. 세상을 혼자 살아갈 수 있는 사람이 어디 있겠는가. 자신만을 아는 인간이 정당한 방법으로 사회적 성공을 거두는 경우를 나는 아직 단 한 번도 본 적이 없다. 성공한 사람들의 특징은 자신을 자기 자신을 위해서 그리고 남을 위해서 희생할 줄 아는 사람들이라는 것이다. 흔히 우린 사람들의 배려하고자 하는 마음을 그릇에 비유한다. 그릇이 큰 사람, 배려와 포용이 무엇인지 아는 사람이 큰 사람, 좋은 사람이라고 나는 믿는다.

아이들을 방치하지 말라. 국가의 근간, 국가의 미래라고 할 수 있는 우리 아이들에 대한 교육은 단순히 선생님들만의 몫이 아니다. 아이들의 품성은 가정에서 형성되는 것이다. 이를 간과하지 말자.

또한 선생님들도, 아니 우리 교육계 전반도 단지 지식만을 가르치는 단계를 벗어날 필요가 있다. 내가 성아를 키우면서 느꼈던 것은 선진국의 시스템들은 단순히 성적이 좋다고 아이를 우수하다고 표현하지 않는다는 것이다. 반드시 일정 시간 사회 봉사를 해야 하고 개인이 아닌 팀의 성적을 따진다. 배려하고 남과 어울릴 줄 아는 것이 교육의 기본이라고 보는 것이다. '남을 배려하고 세상을 사랑하라'는 가르침은 결코 말로만 이뤄질 수 없다. 제도화되어야 한다.

다시 말하지만 우수한 인재란 단순히 공부를 잘하는 사람을 일컫는 말이 아니다. 자신이 살고 있는 사회의 구성원으로서 세상에 도움을 줄 수 있고 또한 그러기 위해 많은 사람과 더불어 나아갈 수 있는 능력이 있는 사람이 우수한 인재다. 우리 사회가 아직 이렇게 미성숙한 부분이 있다고 해도 무작정 현재 제도만을 보고 따르지는 말자. 좋은 학군, 좋은 학원을 보내는 것이 부모 노릇이 아니다. 부모와 선생은 바로 아이들이 믿고 따르는 길잡이다. 아이들의 품성 교육을 포기하지 말라. 아이들의 품성 교육을 포기하는 것은 바로 우리 전체를 포기하는 것과 같다.

니나 잘 살아라!

자식은 부모의 영향에서 벗어날 수 없다. 좋은 추억, 나쁜 추억 그 어떤 추억이든 부모에 의해서 만들어지는 것이며 삶의 방식도 교육에 의해서든 아니든 은연중에 닮게 마련이다. 내가 한창 성장하던 시절, 나의 부모님에게 삶의 화두는 '생존'이었다. 먹고사는 것, 그것마저도 버거웠다. 그래서 당시의 삶은 거칠었고 어른들의 삶은 좀처럼 탈출구가 보이지 않아 항상 울화가 쌓여 있었다. 같은 말이라도 좋게 나가지 않았으며 항상 화가 난 사람들처럼 보였다.

따라서 자식들이 장래에 무엇이 될 것인가는 당장의 고민거리가 아니었다. 중요하지 않아서가 아니라 나중 문제였던 것이다. 나는 우리 집이 엿장수를 했든, 술집을 했든 모두 반대였다. 일단 번듯한 일이 아니었을뿐더러 술집 같은 경우는 분명히 안 좋은 일이 생길 것 같은 불안감이 있었기 때문이다. 하지만 누구 하나 나에게 '네 생각은 어떠니?'라고 묻는 사람은 없었다. 그냥 부모가 하면 하는 것이고 나는 당연히 따라야 하는 것이었다. 당장 입에 먹을거리를 넣어야 하는 절박한 상황에서 온 가족의 의견을 들을 여유는 없었다.

그런 상황에서 아이들은 일정 부분 방치가 되었다. 혼자 생각하고 판단하고……. 하지만 몸이 어른들만큼 커 가자 부모님들은 딸을 치울 생각을 했다. 언니가 그렇게 시집을 갔다. 내가 둘째 딸이어서 좋았던 것은 언니가 간 길을 절대 가지 않겠다는 의지를 불태울 수 있었던 시간을 벌었다는 것이다.

내가 나를 속박하고 있는 현실을 벗어나고자 싸웠던 첫 번째 대상은 나 자신이었지만 그 다음 상대는 부모님이었다. 고등학교로 진학하기 위해서 엄청난 투쟁을 벌여야 했다. 다행히 언니가 시집 간 이후 상당한 시간 집안일을 도맡아 했던 공적(?)을 인정받아 나는 서울의 여고로 진학할 수 있었다.

그리고 이후 나의 삶에서 나는 내가 무엇을 하고자 할 때 부모님과 상의해 본 적이 없었다. 상의하고 싶지 않아서가 아니라 서로의 바람과 주장이 너무도 상반되었기 때문이다. 부모님은 내게 '가시나'로서의 희생을 요구했고 나는 그런 삶에 분노와 환멸을 느끼며 살았다. 내가 꿈을 꾸기 시작한 것도, 제천에서 도망치듯 서울로 간 것도 모두 그 억울한 삶에서 벗어나기 위함이었다.

고등학교에 다니면서부터 나는 가능한 한 무엇이든 내 일은 혼자 결정했다. 꼭 필요하지 않으면 부모님과의 상의 자체를 피했다. 제 갈 길은 스스로 가는 것이 당연한 것이라고 생각했다. 여자가 고등학교를 나오는 것도 사치였던 당시에 부모님은 나를 서울로 보냄으로써 책임을 거의 완수한 셈이었고 나는 내 인생을 스스로 책임질 의무가 생겼던 것이다.

그렇지만 자식으로서 불만이 없을 수가 없었다. 특히 여자는 자신처럼 살아야 한다고 나에게 윽박지르다시피 했던 어머니를 이해할 수가 없었다. 시간이 흐른 뒤에도 여전히 그런 감정이 남아 있었지만 내가 미국의 군인이 된 이후 부모님에게 딸 성아를 맡기는 시간이 잦아지고 상당한 시간 근무지를 함께 떠돌면서 우리의 관계는 '생존'에서 벗어나 소소한 즐거움을 찾는 데 이르렀다. 당연히 관계가 부드러워지고 그제야 '좋은 추억'을 쌓을 수 있었다. 특히 성아에게 할아버지, 할머니와의 추억은 온통 좋은 것으로만 도배가 되었다. 나로서는 시기와 질투가 날 정도였다.

딸 성아의 입장에서 가장 끈적끈적한 사랑의 상대는 할머니, 바로 나의 어머니였다. 거의 아빠도 없이 자랐고 엄마인 나는 군인으로서 항상 밖에 나가 있었으니 어찌 보면 당연하다 하겠다. 어머니도 손녀에게는 달랐다. 삶에 지쳐 항상 강팔랐던 모습은 온데간데 없고 유쾌하고 긍정적인 모습만 보여 주었다. 다정하고 살가운 할머니였던 것이다. 워낙 온화한 편이었던 아버지도 생계의 걱정에서 풀려나자 천진난만한 소년과 같은 분이 되셨다. 오죽했으면 내가 그들 세 명을 엮어 '못 말리는 삼총사'라고 불렀겠는가.

그렇지만 나는 성아에게 항상 재미있고 부드러운 사람일 수는 없었다. 그녀에게 롤모델이 되기 위해 나를 다그치면서 그녀도 강하게 키우려고 애썼다. 그게 아이에게는 도움이 되었다고 확신한다. 삶의 밸런스가 맞아떨어진 것이다. 무한한 애정은 할머니, 할아버지가 주었고 나는 채찍이 되었던 것이다.

어린 시절 엄마의 복제 인간을 꿈꾸다던 딸은 결혼과 동시에 미군을 떠났다. 소령으로 군을 떠났던 나와 같은 계급을 고집이라도 하듯이 딸 역시 제대 당시의 계급은 소령이었다. 성아는 나를 기쁘게 해 주는 것이 삶의 목표라도 된 듯 열심히 살아왔다. 어렵고 힘든 도전을 일부러 찾아서 했으며 목표에 도달하는 열정을 보여 주었다.

군을 떠난 성아는 미국의 외교부인 국무부로 자리를 옮길 준비를 하고 있으며 동시에 자기와 깊은 관련이 있는 동북아, 특히 한국 통일에 도움이 될 수 있는 실력을 키우기 위해 노력하고 있다. 나는 그런 성아를 볼 때마다 이런 멋진 행운을 준 하늘에 감사하며 내가 했던 엄마의 역할이 그런대로 괜찮았다는 생각에 마음이 흐뭇하다.

성아는 내 인생의 가장 큰 보람이다. 그리고 나의 가장 친한 친구다. 작년 한 해 근 20년 만에 우리 모녀가 함께 시간을 보낼 수 있었던 것은 하나님이 열심히 살아온 내게 내려 준 축복이었다.

"인생은 짧고 또 한 번뿐이다. 성공과 명성만이 인생의 모든 것은 아니다. 미래에만 집중하느라 오늘의 행복을 놓치는 우를 범하지 말라. 또한 세월이 지난 후에 돌이켜보며 후회할 일은 가능한 한

줄여라. 이왕이면 내가 하는 선택이 다른 사람들에게도 유익한 것을 택해라."

내가 성아에게 해 주는 조언이다.

그렇다면 나에게 있어서 어머니는 어떤 존재였던가. 첫 책을 쓸 때만 해도 나에게 나의 어머니는 다분히 원망의 대상이었다. 그렇지만 지금 생각해 보면 어머니는 내가 강해질 수밖에 없었던 긍정적 에너지를 전해 주었다.

언젠가 〈어머니〉라는 TV 프로그램에 출연한 적이 있었다. 피디는 우리 모녀에게 정원을 걸으면서 다정다감하고 감동적인 장면을 연출해 달라고 부탁했다. 당시 나에게 어머니는 일평생 고생만 한 불쌍한 사람으로 남아 있었다. 더구나 아버지가 돌아가신 이후 어머니는 지적 장애를 가진 막내아들을 건사하며 시간을 보내고 있었다. 난 어렵사리 말을 꺼냈다.

"엄마, 내가 참 옛날에는 엄마를 원망도 많이 했고 미워했고 나중에 꼭 성공해서 엄마한테 보여 줘야지, 막 그런 원망과 오기가 많았는데 지나고 보니까 내가 성공한 거는 다 엄마가 나를 그렇게 강하게 키웠기 때문이었던 것 같아. 엄마, 고마워요. 정말로……."

그러니까 우리 어머니, 지팡이 짚고 걸어가면서 가만히 듣고 계시다가 입을 열었다.

"알았으면 됐다!"

나는 애써 감정을 잡으며 이야기했는데 어머니는 호통을 치듯 이야기했다. 촬영하던 피디가 다가왔다. 그는 무척 당황해 있었다.

"아, 박사님 대사가 참 좋았는데 어머니가 좀…… 조금만 더 좀…… 말씀을 풀어 주시고 온화하고 다정하게……."

"엄마, 엄마 삶을 보면 참 고생도 많이 하고 힘들게 살았는데 인제는 딴 걱정하지 말고, 명규 걱정도 말고, 인생을 좀 즐기면서 편안하게 사세요. 그래야 내가 마음이 편안할 거 같아요."

"흠, 니나 잘 살아라!"

나는 나의 어머니가 속마음을 내비치는 분이 아니며 또한 일부러 강하게 말하는 사람이란 것을 알지만 방송 관계자들은 적이 놀랐다. 결국 그날 피디가 의도한 대로 촬영은 진행되지 않았다. 이 자리를 빌려 다시 한 번 그날 일에 대해 사과를 하고 싶다. 그렇지만 어떤 의도가 있었건 우리 모녀 관계는 원체 그렇다. 서로 이해하는 것은 당연한 일, 애써 닭살 돋는 말은 우리에겐 터부다. 공연한 걱정도 사절이다. 네가 잘 사는 것이 나를 도와주는 일이다. 표현만 다를 뿐 속마음은 내가 성아를 대하는 것과 별반 다를 바 없다. 성아가 그저 잘 살고 행복하기만 바랄 뿐 엄마로서 달리 바라는 것은 없다.

원하는 것을 해야
행복하다

능력 있는 자식을 바라보는 부모
의 마음은 평온하지 못하다. 머리가 우수하든 운동 능력이 뛰어나
든, 아니면 예술적 재능이 뛰어나든 부모의 고민이 깊어진다. 능력
이 뛰어나다는 것은 그만큼 사회적 책임이 있다는 것이다. 그것을
잊지 않는다면 고민은 많아져도 마음은 평온해질 수 있다.

능력이 뛰어난 사람은 그 능력을 살릴 수 있는 길로 가야 한다.
그것이 본인도 살고 사회도 살리는 방법이다.

40대 중반이라고 밝힌 그녀의 고민은 큰아들이다. 그는 공부를
잘했다. 흔히 말하는 명문대에 쉽게 들어갔다. 문제는, 부모는 경영
학과를 가길 바랐고 아들은 역사학과를 가길 원했던 것이다. 역사
학자가 되겠다는 것은 큰아들이 어린 시절부터 간직해 온 꿈이었

다. 항상 역사책을 끼고 다니며 탐독했다. 하지만 그는 결국 부모의
결정에 따라 경영학과에 들어갔다.

"(…) 한 학기 다니면서 세 번씩이나 못 다니겠다고 성화를 하기
에, 공부를 제대로 해 보지도 않고 그런 소리 한다고 야단을 쳐 겨
우 1년을 마치고 군 입대를 했습니다. 선생님의 책을 읽어 보고 마
음속에 숨겨져 있던 것이 도졌는지, 아니면 강한 욕구가 갈망으로
바뀌었는지 전화가 와서 받아 보니 학교를 그만두고 서울대 역사학
과를 지원하겠다는 것입니다. 내년에 제대하니 충분히 할 수 있다
는 것입니다. 그리고 유학 가서 교수가 되겠다고 합니다. 남편은 너
무 현실을 모르는 철부지라고 나무랍니다. 저도 마찬가지입니다.
'교수 자리가 하늘에 별 따기인데 너 들어오라고 문 열어 놓고 기다
리니? 배고픈 학과다. 취직하려고 해도 문이 좁아 마땅한 자리도
없어. 경영학과는 은행, 증권 회사 등 취업의 문이 폭넓다'고 했습
니다."

그 집 아들의 1학년 성적은 학사 경고를 받을 정도로 추락해 있
었다. 부모는 걱정이 많다. 아들의 꿈이 허황되기 때문이다. 박사 학
위를 받는 과정이 힘들뿐더러 학위를 받은들 역사를 전공해서 먹고
사는 데 무슨 도움이 될까 싶어서다. 최상의 방법은 교수가 되는 길
인데 한국 사회에서 교수 자리는 하늘의 별 따기다. 돈도 있어야 하
고 인맥도 있어야 하고 여러 조건들이 있는데 부모로서 도와줄 수
있는 방법이 없어 보였다.

이 부모의 문제는 지나친 간섭이다. 반대로 경영학과를 나와서

는 보장된 미래가 있는가 생각해 보자. 배우고 싶지 않은 학문을 억지로 연구하고 졸업을 한들 과연 성적이 좋겠는가. 그런 성적으로 들어갈 수 있는 일자리는 무엇인가. 나중에 그 아들은 부모의 지나친 간섭 때문에 자신의 인생이 어그러졌다고 푸념을 늘어놓지는 않을 것인가. 그때 가서는 또 뭐라고 할 것인가.

당신들의 아들은 어린 시절부터 꿈을 키웠다. 역사학자라는 명확한 꿈을 설정하고 공부해 왔다. 남들은 학교 공부하기도 바쁠 때 역사책을 들고 다니며 열정을 쏟았다. 과연 그 시간들은 무엇을 위한 시간이었겠는가. 역사학자가 그렇게 하찮은 일이라고 판단한다면, 그리고 현재 아들의 학비를 주고 있다면 학비를 끊어라. 아들의 그릇도 시험할 겸 아주 괜찮은 방식이다. 그럼에도 불구하고 아들이 역사학자가 되기 위해 공부하고 앞길을 스스로 열어 나간다면 당신들이 더 이상 할 일은 없다.

억지로 막았다가 만에 하나 그 아들이 우리나라 사학계를 이끌어 갈 중요한 인물이 될 수 있는 능력이 나중에 증명된다면 당신들은 땅을 치고 후회할지도 모를 일이다. 부모의 역할은 가능성을 열어 주는 것이다. 가능성을 끊는 일은 당신들이 하지 않아도 자식들의 앞에 놓인 수많은 사회적 난관들이 대신해 줄 것이다.

어린 나이에 꿈을 키우고 있는 자식에게 박수를 쳐 주자. 꼭 박사가 안 되면 어떻고, 교수가 못 되면 어떤가. 사람은 자신이 하고 싶은 일을 할 때 끝없는 열정을 불사를 수 있고 또한 행복하다.

당신들에게 한 학생의 이야기를 해 주겠다. 그는 부여의 고등학생이다. 성적은 상위권이고 한국외국어대학교에 진학해서 국제 봉사 요원이 되고 싶은 것이 그의 꿈이다. 그의 아버지는 공사장 인부고 어머니는 버섯 재배를 한다. 가난한 그는 사립대학교의 비싼 등록금을 생각해 장학금을 조금이라도 받을 수 있도록 좋은 성적으로 입학하는 것이 목표다. 부모님이 가지고 있는 부담을 알고 있기 때문이다.

"저희 부모님께선 두 분 모두 초등학교 학력이 전부이고, 그래서 저는 아버지가 무능력해 보였습니다. 하지만 선생님의 책을 읽은 뒤로 그동안 제가 얼마나 철없고 생각이 짧았는지 후회하고 있습니다. 마침 어제가 아버지 생신이었는데 아버지께선 새벽에 일을 나가셔서 저녁이 되어서야 가족이 한자리에 모이게 되었습니다. 저와 동생이 작은 선물을 드리자 아버지께선 굉장히 좋아하시며 이젠 술과 담배도 멀리하겠다고 하셨습니다. 저 하나의 태도가 바뀌면 온 가족이 행복해질 수 있는데, 그동안 왜 그러지 못했는지 후회됩니다."

이 학생의 모습이 눈에 그려지지 않는가. 가난하지만 따뜻한 가정이 보지 않아도 내 눈앞에 선명히 그려진다. 아이들을 내버려 두자. 똑똑한 아이들은 저들이 알아서 꿈을 키우고 가정의 소중함을 느낀다. 자신의 처지를 비관하지 않고 긍정하는 힘은 본인 스스로 만드는 것이다. 부모가 아이들의 걸림돌이 되어서는 안 된다. 그저 본인들이 스스로 일어서는 것을, 행복을 찾아나서는 것을 지켜보면 된다.

나는
강한 아이를 얻었다

성아가 ROTC 생도였던 해의 크
리스마스이브 날이었다. 성아가 미국에 갔다가 오는 날이었지만 나
는 한국군 1사단 강연 일정이 잡혀 있었다. 내가 이사로 있는 〈사랑
의 책 나누기 운동본부〉에서 훈련병들을 위해 잡은 봉사 활동 행사
였기에 더욱 빠질 수 없었다. 행사를 주관한 운동본부장은 성아가
동참할 수 없는지 여부를 물어 왔다.

"그건 좀 어렵겠는데. 성아가 그랬거든. 자기는 엄마가 하는 일을
지원은 하겠지만 매스컴이나 사람들 앞에 나서는 일은 안 했으면
좋겠다고. 그래서 전에 방송 출연하는 데도 상당히 애를 먹었어. 그
아이의 의견도 존중해 줘야 하잖아."

성아는 바로 크리스마스이브 날 도착했다. 아침 일찍 김포공항

으로 갔다. 할머니와 명규, 그리고 규호네 식구 전부를 포함한 총 일곱 명의 환영단이었다. 언제나처럼 성아는 털털한 복장에 야구 모자를 쓰고 있었다. 가족들을 보자 성아는 마치 어린애처럼 굴었다. 그리고 쉬지 않고 떠들어 댔다. 집으로 돌아오는 차 안도 온통 성아의 목소리로 가득했다.

"근데 성아야, 나는 오늘 오후에 강연이 있어서 집에 도착하자마자 나가야 해."

"에이, 뭐 이런 날까지 강연하러 가요?"

"엄마도 성아하고 같이 있고 싶지만…… 한국군 훈련병들에게 강연하는 거라서 말이지. 그 훈련병들은 크리스마스이브인데 집에도 가지 못하지 않니? 그래서 취소할 수가 없어. 우린 이렇게라도 보지만……. 전방 부근까지 가야 하니까 아마 저녁이나 되어야 돌아올 거야. 피곤할 텐데 집에 가서 쉬고 있어."

나는 혹시나 하는 마음으로 성아의 눈치를 살폈다. '훈련병'이라는 말이 예비 장교의 동정심과 호기심을 자극했던 모양이다.

"나도 같이 갈까 그럼?"

"피곤한데 괜찮겠어?"

나는 기쁜 마음을 감추며 되물었다.

"같은 군인인데……. 그리고 또랜데 궁금하고 보고 싶지."

얼마 후 우리는 운동본부장의 차에 동승하고 있었다. 본부장의 대학교 1년생인 딸과 국방일보 기자까지 합석한 상태였다. 파주에 가까이 이르니 눈이 내렸다. 한 송이, 두 송이 땅바닥에 내려앉더니

타인의 인생을 보면,

내가 놓친 희망이 보인다

어느 순간 본격적으로 쏟아지기 시작했다. 함박눈이었다. 마치 우리를 환영하려고 하얀 천사들이 하얀 꽃을 안고 마중 나온 듯했다. 나중에 안 일이지만 우리나라 사병들은 눈을 정말 지독하게도 싫어한다고 했다. 모두 직접 치워야 하기 때문이다. 하지만 미안하게도 그날 가는 도중 내렸던 눈은 내가 본 최고의 설경 중 하나였다. 하얀 너울에 포옥 쌓인 1사단 본부는 멋스러웠다.

식당에 들어서니 낯선 군목이 유난히 나를 반겼다.

"전 근무지에서 있었던 일입니다만, 한 훈련병이 내게 찾아와 자살할 결심을 했다가 생각을 바꿨다고 고백한 일이 있었습니다. 자초지종을 들어 보니 이렇게는 못 살겠다고 결심한 그날 저녁 서 박사님이 그곳에 찾아와 강연회를 열었답니다. 그 훈련병은 강연을 듣고 곧바로 서 박사님의 책을 구해서 단숨에 다 읽었다고 합니다. 그리고 그 다음 날 자신은 더는 죽을 생각을 않겠노라고 제게 고백한 것이었습니다. 그날 그 청년의 얼굴을 보셨어야 합니다. 정말 하나님의 은총으로 가득했답니다."

그 이야기를 들은 성아는 등 뒤에서 나를 꼬옥 안아 주었다. 그렇게 두런두런 이야기를 하며 식사를 했다. 사단장을 비롯한 참모들도 있었다. 낯선 장소였지만 성아는 내게 계속 음식을 가져다주었다. 식사가 끝나자 성아는 과일을 깎아서 사단장과 내게 내밀었다.

강연회는 내가 출연했던 〈일요스페셜〉의 일부를 먼저 보여 준 후 시작되었다. 피로함과 두려움에 젖어 있던 훈련병들의 눈에 하나둘 등불이 켜지고 있었다. 단상에서 그들을 내려다보며 나는 프라하의 성당에서 본 수백 개의 촛불을 생각했다.

강연회가 끝난 뒤 젊은이들이 먼저 떠나고 나는 본부장과 함께 군 관계자들과 시간을 더 보내다가 어두워져서야 나왔다.

본부장이 갑자기 말을 꺼냈다.

"나는 오늘 선생님이 성아를 존경하는 이유를 알았어요."

"갑자기 무슨 소리야?"

"전에 선생님이 딸인 성아를 존경한다고 했을 때 사실 속으로 '선생님도 팔불출이구나'라고 생각했었거든요. 그런데 오늘 그 말이 자랑이 아니라는 생각을 했습니다. 그 아이의 행동 하나 하나가 참 야무지고 정감이 있더군요. 그래서 선생님이 부럽기까지 했습니다. 제가 엄마라도 그 아이를 존경할 거예요."

기뻤다. 내 아이가 다른 이에게 인정을 받아서 가슴이 벅찼다. 무엇보다 타인을 먼저 생각하고 나눌 수 있는 사람으로 성장했다는 것이 기뻤다. 그래서 돌아오는 길의 설경도 그 무엇에 비할 바 없이 아름다웠다.

삶의
여러 가지 얼굴

삶은 무서움으로 가득 차 있다. 생
각해 보면 나는 한글을 깨칠 때부터 세상살이가 무서웠다. 언니에
게 '멍텅구리' 소리를 들을 정도로 우둔했던 나는 친구들과 함께 학
교에서 무엇을 배우고 비교 당하는 것이 힘이 들었다. 가난했던 집
안, 그래서 집안일을 도맡다시피 하면서 학교가 도피처 역할을 하
지 않았다면 나는 계속 공부를 못하는 아이였을지도 모른다. 집안
일과 어머니의 매라는 또 다른 공포가 공부의 공포보다 훨씬 컸기
에 나는 공부 잘하는 아이로 바뀌어 갔다. 성적이 오르자 공부를 한
결과가 궁금할 정도로 나는 공부를 즐겼다. 그게 공포의 뒷면이다.
돌이켜보면 공포의 다른 얼굴은 즐거움과 희망이다. 그러나 이것은
그 공포를 이겨 냈을 때의 일이다.

사람인 이상 공포를 마주하고 있으면 피하거나 그 분위기에 적응하게 된다. 이기겠다는 생각을 가지기 쉽지 않다.

대표적인 것이 나이에 대한 공포다. 사람마다 제각각이겠지만 마흔 살 즈음에 이르면 대부분 나이에 대한 부담감이 자라 공포에 이르게 된다. 군인이었던 나는 그것이 일단 몸으로 왔다. 훈련병 시절부터 나를 주눅 들게 했던 구보가 가장 힘이 들었다. 매일 아침 조깅을 하는데도 불구하고 나이가 들자 기록이 나오지 않았다. 자신을 다그치고 이겨 나갔지만 이전보다 많은 에너지와 노력이 추가로 들기 시작한 것이다.

쉰 살이 넘어서 공부를 하는 것도 여간 수고로운 것이 아니었다. 세상에 만일 나 혼자 있었으면 그 엄청난 자료와 싸우면서 살아가지 않았을지도 모른다. 내가 나여야 하며 성아의 엄마로 살아야 한다는 책임감이 없었다면 그 시간을 버티지 못했을 것이다. 하긴 내가 나여야 하며 성아의 엄마로 굳건해야 한다는 생각도 어쩌면 공포일지 모른다.

어린 시절의 공포는 대부분 경험으로 이겨 나간다. 자꾸 해 보니 별것 아닌 것이 되는 것이다. 그러나 나이 들어서 오는 삶의 공포는 이겨 내기가 여간 어렵지 않다. 오죽하면 홀로 사는 독거노인의 자살률이 해마다 오르겠는가. 사는 것은, 더욱이 나이 들어 생을 지속시키는 것은 공포다.

나는 될수록 나이를 잊으려 노력한다. 그래서 이 나이에도 친구들을 만나면 과거의 이야기보다는 '앞으로 뭐 할 거야?'라는 질문을 한다. '백 세 시대'이기에 더욱 그렇다. 과거에는 육십 세에 이르면 마치 세상 다 산 사람 취급을 받았지만 지금은 노인 취급 받기도 힘들뿐더러 노인 행세를 하면 세상에서 환영받지 못한다. 그렇기에 현역으로 있어야 한다. 새로운 공부를 하든 아니면 또 다른 돈벌이를 하든 계속 움직이는 것이 좋다.

그렇지만 아직 우리 사회는 유교적인 관습이 남아 있기 때문인지 나이 들어 활동하는 것을 다소 꺼리는 경향이 있다. 선진국의 경우를 보면 그 나이에 낙하산도 타고 오토바이도 탄다. 새로운 것을 끊임없이 시도하며 삶에 자극을 주는 것이다. 우리도 그럴 필요가 있다. 사람의 재능은 쉬이 사라지는 것이 아니다. 아이들을 키우고 결혼시키느라 못했던 일을 지금이라도 시작해 보라. 육십 세가 넘어 그림을 배우고 노래를 배우고 시를 쓰고, 자동차 정비를 배우고 목수 일을 배운들 누가 뭐라 할 것인가.

나의 경우에도 최근에 스페인어를 배우고자 학원을 알아보는 중이다. 스페인어를 배우면 미국 사회에서 여전히 어려운 여건에 있는 멕시칸을 비롯한 히스패닉(Hispanic)에게 강연회를 통해 도움을 줄 수 있기 때문이다. 독특한 나만의 언어 학습법이 있지만 그래도 처음 기초는 선생님들에게 배우는 것이 옳다는 생각에서 학원을 알아보는 것이다. 그 다음에도 또 다른 목적이 생기면 살아 있는 한 반드시 도전해 볼 것이다.

육십대, 우린 아직 다 살지 않았다. 우리에게 진짜 공포는 앞으로 할 일이 없을 거라는 생각에 있다. 무미건조한 삶, 그것만한 공포가 어디 있는가. 우리 나이에도 끊임없이 성취할 수 있다는 기록을 우리가 만들어야 한다. 우리의 후배들을 위해서도 반드시 닦아 놓아야 할 길이다.

겁쟁이 아가씨와
권태로운 엄마

겁쟁이인 사람과 권태에 빠져 있
는 사람 중 누가 더 위험하냐고 묻는다면 나는 권태에 빠져 있는 사
람이 더 위험하다고 말한다. 나의 강연회를 찾는 청중이나 내 책을
보고 편지를 보내는 독자 중에는 겁쟁이가 무척 많다. 그런데 겁쟁
이 중에서도 타고난 겁쟁이는 내게 신호를 보내지 않는다. 원래 겁
이 많기에 두려움에 빠져드는 것을 이상하다고 생각하지 않기 때문
이다. 그러나 후천적인 겁쟁이는 큰일 난 사람처럼 내게 손을 흔든
다. 실패를 하고 아직 극복하지 못했기 때문이다.

물론 어떤 일에 실패를 하고 극복을 하지 못한 것은 큰일이다.
그 기간이 길어지면 길어질수록 정신과 몸 모두 상하게 마련이다.
비슷한 시기에 두 통의 편지를 받았다. 20대의 아가씨와 30대 초반의 아이 엄마가 그 주인공이었다. 둘은 전혀 공통점이 없었다. 둘 다 여성이라는 것밖에는.

20대의 그녀는 어린 시절 사촌 오빠에게 성폭행을 당했다. 그리고 그녀가 자란 가정은 부모 간에, 부모 자식 간에 싸움이 끊이지 않았다. 최근에는 싸움을 말리다 동생에게 얻어맞아 눈두덩이 시퍼렇게 멍이 든 일도 있었다. 그러나 그녀를 가장 괴롭히는 일은 그게 아니었다.

그녀는 전문대에서 의상 계열의 학업을 마치고 직업을 가졌는데 하필 다단계 회사였다. 그녀는 1년 6개월 동안 그곳에서 일을 했다. 그 일이 잘못된 일이고, 그만두어야 한다고 판단하고 나왔을 때 그녀는 인생에서 가장 중요한 친구를 잃은 후였다. 친구에게 그 일을 소개하고 피해를 준 것이 관계가 끊긴 이유였다. 힘겨운 삶 속에서도 항상 힘이 되어 준 그림자 같은 친구였다.

"혼자 쇼핑을 하고, 혼자 미용실에 가는 건 아무것도 아닌데, 절 미치게 만드는 건 제 이야기를 들어줄 사람, 제게 있었던 기쁜 일, 슬픈 일 이런 걸 모두 제 속에만 묻어 둬야 하는 거예요. 친구에게 용서를 비는 편지를 두 번 보내기는 했는데 답장이 안 와서 그만뒀어요."

그녀는 인생을 포기하지는 않았다. 전공과는 전혀 상관없지만 신문 보급소의 경리 일을 얻어서 정상적인 일을 시작했다. 자꾸만 움츠러드는 자신을 자극하기 위해 유명 대학교 앞이나 대기업 등이 밀집해 있는 곳에 나가 보기도 했다. 그리고 자신에게 말했다.

"네가 동경하는 사람들의 삶에 다가갈 수 없고, 네가 원했던 문화를 즐기지 못하는 건 누구의 탓도 아니고 바로 나 자신 때문이야. 그들과 같이 살아가기 위해서 넌 어떤 노력을 하고 있는데?"

그녀는 일어 공부를 시작했다. 며칠 동안 일본에 단기 선교를 하러 가게 된 기회가 있었는데, 이참에 일본어를 마스터하겠다고 다짐했던 것이다. 그리고 내 책을 접한 뒤 누군가가 나를 도와주겠지 하는 마음을 싹 버렸다. 무엇이든 혼자 해내야 한다는 사실을 깨달았다.

"시련이 없으면 열매도 없다, 그 말이 마음에 와 닿았어요. 가난하게 살아야 했던 것도, 몇 학년 때 일어났는지조차 기억나지 않는 폭행도, 싸움만 하는 집안도…… 이런 거 다 극복하려고 합니다.

아직 가야 할 길이 천리입니다. 행동력도 실천력도 떨어져서 큰일이지만 잘 다스려 보도록 할게요.

전 언어 쪽이랑 컴퓨터에 관심이 많거든요. 지금 하는 일어랑 또 영어를 정복하고 컴퓨터도 계산기 다루듯 다룰 거예요. 그리고 가족을 사랑하도록 노력할게요."

폭행에 대한 아픔을 안게 된 것은 그녀 때문이 아니다. 그녀의 가정이 평화롭지 못한 것도 그녀에게 책임이 없다. 그녀는 어디까지나 피해자다. 하지만 바로 그 부분이 그녀를 겁쟁이로 만들었다. 후천적으로 의기소침해진 사람들은 곧잘 이상한 길로 접어든다. 편지에 이유를 쓰지는 않았지만 그녀가 다단계에 빠져든 것은 아마도 세상과 정면으로 싸울 용기가 없었기 때문일 것이다. 타고난 겁쟁이는 남의 말을 잘 듣지 않는데 후천적인 겁쟁이는 귀까지 얇다. 최악의 조건인 셈이다. 성공으로 가는 길 중 초고속도로가 있다는 말에 넘어간 그녀는 인생에서 가장 소중한 친구를 잃고 나서야 속았다는 것을 알았다. 엄청난 실수를 저질렀다는 것을 안 이후에 그녀는 자신을 냉정하게 바라보고 무엇이 필요한지 깨달았다. 그녀는 더 이상 겁쟁이가 아니다. 실패와 함께 엄청난 대가를 치렀지만 바로 그 지점에서 용기가 생긴 것이다.

'더 이상 잃을 것도 없는데, 뭐가 무서워!'

자신이 원하는 삶을 살아가고 있는 사람들 앞에 서서 그녀는 자신을 자극하고 다그쳤다. 이것은 대단한 용기다. 그녀는 스스로 변한 것이다.

변화한다는 것은 무척 힘든 일이다. 그렇지만 변해야 할 때 변하지 못하면 주저앉는다. 지방의 대도시에서 학원을 운영하는 30대의 그녀는 두 아이의 엄마이기도 하다. 특별히 가정에 문제가 있지도 않고 경제적으로도 문제가 없었다. 지극히 평온한 삶이었다. 그러나 그녀는 자살을 시도할 정도로 삶에 권태로움을 느끼고 있었다.

"삶의 의미를 잃어버렸습니다. 그런 제 자신이 두렵습니다. 제가 가장 두려워하는 것은 삶의 역경이 아닙니다. 경제적인 고통 또한 아닙니다. 제 삶의 의미를 잃어버리는 것이라고 생각합니다.

살아야 하는 이유 없이 그저 하루가 있으니 하루를 살아야 한다는 것은 고통입니다. 목적이 사라졌습니다. 그 많던 희망이 없어졌습니다. 저를 혹사시켜 보았습니다. 아침부터 저녁까지 쉴 새 없이 일을 했습니다. 쉬는 시간은 겨우 잠자리에 드는 시간뿐입니다. 하지만 더욱 허탈해지고 더욱 침체되는 자신을 느낍니다.

자꾸만 저를 포기하고 싶어집니다. 바보 같다고 생각하시겠지요? 하염없이 나약한 심성을 가진 사람이라 생각하실지도 모르겠습니다."

사람들은 곧잘 '인생 별것 있나!'라는 말을 한다. 나는 젊은 시절 그 말을 굉장히 싫어했다. 패배한 자들의 변명이라고 생각했다. 하지만 나이가 들고 그 말을 들으니 수긍까지는 아니더라도 그 나름의 삶이 고스란히 담긴 말이라는 생각이 들었다. 많은 사람들이 쳇바퀴 돌듯 도는 삶 속에 갇혀 있다. 우린 그것을 흔히 일상이라고 한다. 그 일상이 무료해지고 권태로워지면 때론 우울증에 빠져들기도 한다. 일상 속에 자신의 이상과 꿈이 모두 파묻히고 말았다는 생각이 들기 때문이다. 그렇다고 일상을 벗어나자니 살아갈 길이 보이지 않는다. 막막한 것이다. 그러니 '인생 별것 있나!'라는 말이 나오는 것이다.

분명히 말하지만 당신은 문제가 없다. 당신이 살아온 인생은 성실한 삶, 그 자체였다. 학원 원장이라는 자리가 대충 살아온 사람에게 주어지는 자리는 아닐 것이다. 하지만 죽고 싶을 정도로 그 일에 가치를 못 느끼고 자신의 삶 자체가 희망이 없다고 느낀다면 십수 년을 투자하며 일구어 온 그 일을 바꿔 보는 것도 한 방법이라고 생각한다. 이는 쉬운 일이 아니다. 안정적인 그 일을 흔들어 놓으면 상당한 혼란이 야기되고 엄청난 희생을 치를 수도 있을 것이다. 하지만 무엇보다 중요한 것은 당신의 생명이고 자식들의 생명이다. 삶은 어떻게 변할지 알 수 없다. 앞에서도 이야기했지만 내가 청중 앞에 서는 직업을 가질 거란 것은 꿈에도 생각지 못했다. 당신의 가슴을 다시 뛰게 하고 때론 전율마저 가져다줄 수 있는 다른 일이 있을 것이다. 다만 아직 찾지 못했을 뿐이다.

아픈 것을
숨기지 말라

　　2006년, 나는 비록 늦은 나이였지
만 어린 시절의 꿈을 이루었다. 우리나라는 물론 외국에서도 내 이
야기를 활용하며 많은 이들에게 강연을 통해 꿈과 희망을 나누는
보람 있는 시간을 보냈다. 그리고 최근에는 거의 10년을 넘게 '간암
으로 전이될지도 모른다'는 말로 나의 생명을 위협하던 C형 간염이
완치되었다는 소식을 들었다. 내게 내려 준 하늘의 축복이었다. 치
료 중 겪었던 우울증과 극복 경험을 토대로 나는 새로운 희망의 메
시지를 전할 수 있었다. 나는 내게 주어진 제2의 인생을 감사히 여
긴다. 그 감사함을 더 큰 열정으로 변화시켜 오늘을 살아가고 있다.
　아픈 것만큼 사람을 지치게 하는 것은 없다. 나는 그 좋아하는
노래방에 가서도 흥겹게 놀 수 없었고 꽤 즐기던 술도 거의 입에 댈

수 없었다. 종국엔 우울증에 빠졌다. '죽을지도 모른다'는 말은 어느새 '죽고 싶다'로 변하고 있었고 모든 일에 흥미를 잃게 했다. 그야말로 삶 자체가 그저 무의미하게 느껴졌다. 그때 편지 한 통이 왔다. 그녀는 21살의 경호학과 대학생이었다. 그녀는 일곱 살 때부터 여군을 꿈꾸었다.

"고등학교를 졸업할 때까지 제 이상을 굽히지 않고 밀고 나갔습니다. 틈틈이 상식 공부도 하고 고등학교 1학년 때부터는 합기도를 배워 유단자가 되었습니다. 부푼 기대 속에 학교를 마치고 여군에 지원했습니다. 그렇지만 불합격이라는 쓴맛을 보게 되었습니다. IMF로 인해 실업난이 극심해지자 대졸 출신자들이 군에 몰려들면서 고졸 출신자들은 오갈 데 없는 신세가 된 것이었습니다. 그래도 굴하지 않고 두 번째로 일반 여군 하사관에 지원했습니다. 결과는 다시 한 번 1차 시험 불합격이었습니다. 낙심했지만 포기란 없었습니다. 공수 특전 하사관에 지원했습니다. 공수 특전 하사관은 남자들도 견뎌 내기 힘든 곳이란 걸 알고 있었지만 군에 들어갈 수 있으면 목숨도 아깝지 않았습니다. 1차 시험은 서류 전형이었습니다. 합격했다는 연락을 받았습니다. 뛸 듯이 기뻤습니다. 2차 시험은 신체검사였는데 2차 시험에서 불합격 판정을 받았습니다. B형 간염 보균자. 모체에서 유전으로 들어온 간염 균이 군에 들어가기엔 부적합했던 모양입니다. 너무 억울하고 믿을 수 없었습니다. 사는 데는 지장이 없었고 운동도 열심히 할 정도로 건강했던 저로서는 정말 이해할 수 없는 일이었습니다. 여러 곳의 병원을 찾아다니면서 나을 수 있는 방법을 알아보았습니다. 모체 유전은 만성 보균이기 때문에 태어나자마자 주사를 맞아야 했다는 말만 들었습니다."

15년이 넘는 세월 동안 꿈을 향해 나아갔던 그녀의 상실감은 엄청난 것이었다. 그러나 그녀는 의지력이 상당히 강한 사람이었다. 몸과 마음을 추슬러 대기업에 입사원서를 내서 취업을 했다. 그렇지만 불운은 멈추지 않았다. 합격증까지 받은 상태에서 신체검사 이후 탈락했다. B형 간염 보균자였기 때문이다. 자신의 노력 부족으로 인한 결과가 아니었기에 그녀는 무기력해졌고 우울증에 빠졌다. 방탕한 생활도 했다.

"제 자신이 조금씩 무너지고 있으며 노는 것 외엔 아무것도 할 줄 모르는 무능력자가 되어 가고 있다는 것을 느꼈습니다. 그러는 제 모습에 어머니는 눈물로 나날을 보내셨고 그런 어머니의 모습이 가엾기보다는 제 마음을 더 답답하게 만드는 것 같아 원망만 더해 갔죠. 착하고 밝은 모습은 그때 당시 사라져 버린 것만 같았습니다. 아직도 철부지인 제 모습이 부끄럽기만 할 뿐입니다."

그녀는 다시 일어났다. 중학교 때부터 아르바이트를 해 왔던 그녀는 차근차근 돈을 모았고 그 돈으로 모 대학의 경호학과에 들어갔다. 낮에는 학교에 다니고 저녁엔 호프집에서 일을 해 하숙비를 벌었다. 배가 고팠다. 주린 배를 움켜쥐고 학교 가서 운동하고 아파도 약 먹을 돈을 아껴서 사격장에 갔다. 그녀는 꿈을 포기하지 않았고 앞으로도 그럴 것이다.

당시 나는 그녀의 편지를 받고 내 자신이 너무도 부끄러웠다. 그리고 좀 더 내 자신에게 당당하고 강해질 필요가 있다고 결심했다. 나는 사람들에게 자신의 꿈을, 포부를 당당하게 밝히라고 말해 왔다. 그러면 그럴수록 자신과의 약속을 지키고자 노력할 것이기 때문이다. 바로 그 방법을 택했다. 만나는 사람들에게, 강연장에서나 사석에서나, 심지어 매스컴 앞에서조차 나는 내가 C형 간염 환자인 것을 밝혔다. 그러자 신기하게도 꼭 나을 수 있다는 믿음이 생겨났다. 그때부터 미뤄 두었던 간염 치료를 시작했다.

무엇보다 간염 치료 주사가 만들어 낸 우울증이 큰 문제였다. 우울증은 삶을 삭막한 폐허로 둔갑시켰고 살고자 하는 의욕을 잠식해 갔다. 사실 나는 내가 아프기 전에는 자살하는 사람을 이해하지 못했다. 겉으로는 이해한다고 말하면서도 속으로는 정말 고생을 못해 봤기에 저런 약한 소리를 한다고 생각했다. 그렇지만 아프고 약해지자 그들이 이해가 갔다. 죽는 것이 더 편하겠다는 말을 이해했다. 치료하는 과정을 통해 나는 조금 깊은 사람이 되었다. 그리고 진정 그 젊은 친구에게 감사했다. 내 C형 간염은 그나마 완치 가능성이 있는 병이었다. 그러나 그 젊디젊은 친구는 의학이 나날이 발전하고 있다는 지금까지도 완치 여부가 불확실한 병을 안고 살아가야 한다. 그녀의 꿈이 여군이었기에 더 가슴이 아프고 미안했다. 그녀에 비하면 나는 살 만큼 산 사람이었고 하고 싶은 일은 거의 다 해 본 사람 축에 가까웠다.

그녀의 편지를 받은 이후 나는 그간 내가 떠들어 온 이야기, 내가 청중과 독자에게 전달해 온 이야기에 대한 책임감을 막중하게 느꼈다. 그래서 사람들 앞에서 스스럼없이 밝힐 수 있었다. 덕분에 나는 우울증에서 벗어날 수 있었다. 우울증에서 벗어나자 그 어둡게 느껴졌던 치료의 길이 밝게 보였다. 가능성에 더 무게를 둘 수 있었던 것이다.

앓고 난 이후 나는 매일 새로운 나로 변하고 있었다. 앞으로 남은 시간의 소중함도 깨달을 수 있었다. 그리고 더 멀리, 더 높이 뛰기 위해 신발 끈을 조일 수 있었다.

감사하다. 스스로를 살아가게 하는 방법을 일깨워 줘서. 모든 아픈 이들에게 나는 말하고 싶다. 쉬어라. 쉬는 것도 살아가는 방법 중 하나다. 그리고 포기하지 말자. 포기하는 순간 그 희미한 희망마저 완전히 사라진다. 몸과 대화하자. 내 몸과 대화하면서 살아가자. 몸을 잃으면 꿈이 무슨 소용이며 내가 이루어 나갈 것이 무슨 의미가 있겠는가.

실패의 시작은
주저함이다

어렸을 때 흔히 저지르는 실수 중 하나가 해 보지도 않고 지레 포기하는 것이다. 나도 그런 경험이 있다. 초등학교 1~2학년 때야 워낙 공부도 못하는 멍텅구리여서 기억에 남는 일도 없지만 3학년 때부터는 조금 존재감이 있는 학생이 되었다. 노력하는 아이에게는 더 애정이 생기는 듯 그때 담임선생님은 그 이전에 만났던 선생님과는 달리 나에게 많은 애정을 가지셨다. 관심을 받으면 시너지 효과를 일으킨다. 그런 흐름을 잘 타면 더 좋은 일이 생기게 마련인데 당시 나는 아직 그 단계에는 이르지 못했던 듯하다. 당시까지만 해도 나는 그저 부끄러움 많은 어린 소녀였다.

웅변 대회가 있었다. 전국적으로 웅변이 유행했고 학교 선생님

들이 직접 나서서 아이들에게 웅변을 가르쳤다. 아마 게중 잘하는 아이를 대회에 내보낼 심산이었을 것이다.

"한번 해 봐!"

선생님은 반 아이 한 명 한 명을 차례로 불러 세워서는 웅변을 시켰다. 역시 다들 처음 해 보는 것이라 대체로 형편없었다. 그렇게 내 차례가 되었다. 너무 긴장한 탓에 난 고개조차 들지 못했다.

"진규야, 왜 그래? 아침 밥 안 먹었니? 시원하게 시작해 봐!"

선생님은 다그쳤고 그럴수록 내 목소리는 입 안에서만 빙글빙글 맴돌 뿐이었다. 잘할 수 있었다. 다른 아이들보다 잘할 거라 믿었다. 그러나 결국 목소리가 나오지 않았다.

"진규는 나중에 다시 하자. 다음!"

결국 내 차례는 다시 돌아오지 않았다. 나는 기회를 놓친 것이다.

그날 일은 나에게 일종의 트라우마가 되었다. 군에 들어가 점차 나아지고 강연장의 무대에 서면서 완전히 돌변했지만 첫 강연장에 들어설 때만 해도 나는 남들 앞에 서서 발표하는 것에 엄청난 부담감을 느꼈다.

만약 그날 잘했든 못했든 시원하게 내 목소리를 냈다면 나의 소질이 그때부터 꽃 피지 않았을까? 아마라는 단어가 쓸데없다는 것을 알지만 그럼에도 당시의 나를 생각하면 조금은 안타깝다. 조금 일찍 내 재능을 알았다면 지금까지와는 다른 인생을 살았을 수도 있다. 욕심일까? 하지만 역시 다른 인생도 살아 보고 싶은 마음이 있다.

지금은 타계하신 법정 스님이 한 말 중 나는 일기일회(一期一會)를 가장 좋아한다. 사람과의 만남이든 일이든 생애의 단 한 번뿐인 소중한 것이다. 한 번 지나간 것은 돌아오지 않는다. 때문에 그때그때 최선을 다해야 하는 것이 우리가 할 수 있는 일이다.

그렇지만 그게 쉬운 일이 아니다. 자신의 인생이 소중하지 않은 사람이 어디 있겠는가. 다만 한 시간, 혹은 십 분, 아니 일 초의 소중함을 아는 사람은 많지 않다.

내가 흔히 말하는 시골 출신이라서 그런지 나에게는 수도권이 아닌 지방 출신의 사람들에게서 상당히 많은 팬레터가 온다. 다만 내가 연예인이 아니기에 그 내용은 대부분 고민으로 가득 차 있다. 하지만 그것도 소중한 인연이다. 예전에도 지금도 답장은 잘 못하지만 난 시간을 내어 그 글을 찬찬히 살핀다. 그리고 느끼고 배운다. 그러면서 항상 느끼는 것은 우리 사회는 아직 기회의 균등이 실현되지 않았다는 것이다. 그렇지 않다면 이렇게 많은 이들이 아직도 자신의 처지가 딱하고 좀처럼 기회가 오지 않는 것에 불만을 쏟아내지는 않을 것이다. 하지만 나는 그렇게 답장하지 않는다. 간혹 답답한 마음에 펜을 들어도 무작정 감싸지 않는다.

바둑에 복기라는 것이 있다. 바둑을 한 차례 마친 후 그 성패가 어디 있었는지 비평하기 위해 돌을 두었던 대로 다시 처음부터 바둑판에 바둑알을 순서대로 놓는 것이다. 이는 프로야구 감독들도 매일매일 하는 일이라 한다. 한 게임이 끝났다고 그대로 쉬는 것이 아니라 밤잠을 설쳐가며 1회부터 9회까지 모든 순간을 체크해 보는 것이다. 투수의 한 구질, 한 구질부터 코치진의 작전 지시까지 모두 살펴보는 것이다. 이는 다음에는 실패하지 않기 위함이다. 또한 잘했다면 그것을 더욱 잘하고 종국에 절대적인 무기로 만들기 위함이다.

우리도 그것을 해야 한다. 나는 글을 쓰기 시작하면서 내 인생을 수차례 돌아보았다. 놀라운 것은 같은 사건을 두고도 1999년에 돌아보았을 때와 지금 돌아보았을 때의 느낌이 전혀 다르다는 것이다. 그만큼 나란 존재에게 같은 사건을 두고 전혀 다르게 해석하는 시선이 생긴 것이다. 아니면 사고 자체가 변한 부분도 있다.

이는 자신을 알아 가는 과정에서 가장 좋은 방법이라고 할 수 있다. 그렇기에 우린 글을 써야 한다. 그것이 일기여도 좋고 편지라도 좋다.

다만 권유한다면 그 글이 남에게 보여지고 평가받는다는 생각으로 쓰는 게 좋은 방법이다. 물론 꼭 남에게 보여 줘야 한다는 말이 아니다. 다만 그렇게 하다 보면 스스로를 좀 더 객관적으로 보려 노력하게 될 것이고 나의 지난 행동 중 무엇이 아쉬웠는지 집중해서 바라볼 수 있기 때문이다.

돌아보라. 우리에게는 기회가 있었다. 크든 작든 우리 앞에 기회란 것이 지나간다. 다만 주저했을 뿐이다. 주저하고 그것을 시도하지 못했다면 실패는 반드시 따르게 마련이다. 시도하고 실패할 수도 있다. 하지만 시도했다가 실패해서 얻은 상처는 내게 용기가 있었다는 사실을 말해 주는 희망의 증거가 되므로 쉬이 아문다. 반면에 주저해서 놓친 것은 평생 아쉬움으로 남을 뿐이다. 지금보다 나은 인생을 살 수 있는 길은 현재의 삶을 박차고 일어나는 것에서 시작된다. 주저하며 현실의 곤궁함만을 말한다면 당신은 변할 수 없다.

참지 말라,
분노하라

답답한 친구들이 있다. 한 명은 가난하고 한 명은 부자이니 전혀 다른 사람이다. 그렇지만 이 둘이 정작 다른 점은 분노에 있다.

거제도의 가난한 어촌에서 태어난 그녀는 어렸을 때부터 어머니만 보고 자랐다. 그녀의 아버지는 어부였다. 아버지는 봄, 여름, 가을까지는 바다에 나가 조업을 했지만 겨울에는 노름을 하거나 술을 마시고 아내를 패는 것이 일이었다. 그녀의 어머니는 남편이 나가면 노름빚을 쌓을까 걱정했고 집에 있으면 폭력을 휘두를까 걱정했다. 그 덕에 심장병이 생겼다. 그렇지만 참는 것이 가정을 지키는 것이란 생각으로 끙끙 앓으면서도 자식들을 건사했다.

그녀는 대학에 가고 싶었지만 어려운 집안 형편상 시험도 쳐 보지 못하고 포기했다. 그래도 집에서 벗어나고 싶어 여군에 지원했다가 낙방하자, 작은 회사의 경리로 들어갔다. 기가 막힌 것은 회사 생활을 하면서 그녀는 남자 직원에게 거친 욕설을 들으면서도 참고 살고 있었다는 것이다.

"'가시나야, ××년아!' 따위의 욕지거리와 손찌검까지 하려고 덤벼들었습니다. 아무런 대꾸도 못한 채 멍하니 앉아 있었습니다. 모든 게 내 잘못인 양 한참을 앉아 있자니 눈물이 주르륵 흐르더군요. 엄마 생각도 나고. 서럽고 비참하고 내 자신이 그렇게 한심하고 바보스러울 수가 없었습니다. 부당한 대우를 받았는데 전혀 아무런 조치가 되지도 않고, 혼자가 된 기분이었습니다. 깊은 터널 가운데 혼자 서 있는 기분! 죽고 싶은 심정과 떠나고 싶은 심정으로 이렇게 편지를 씁니다."

부잣집 아이는 캐나다에서 나에게 편지를 부쳐 왔다. 첫 구절이 인상적이었다. '서진규 선배님!'이었다. 언제 봤다고 선배님인가 싶어 읽어 봤더니 그녀는 자신이 하버드에 꼭 들어갈 것이기 때문에 나에 대한 호칭을 선배님으로 하겠다는 것이었다.

그녀는 흔히 말하는 '날나리'였다. 집에 돈이 많으니 부모님 카드로 명품이나 수집하고 공부는 뒷전이었다. 학교에 무단결석을 하는 일도 많았고 비슷한 아이끼리 뭉쳐 다니며 사고를 쳤다. 그녀는 집안의 골칫덩어리였다. 그녀의 부모는 환경이 바뀌면 나아질까 싶어 조기 유학을 보냈다. 캐나다에서 그녀는 극도의 외로움을 느꼈다. 친구도 없고 영어도 되지 않았기 때문이다.

공포와 정면으로 마주하면
그 뒤에 숨어 있던 희망이 보인다

그녀는 그것이 분해서 복수를 다짐했다. 그녀가 선택한 부모를 향한 복수의 길은 더 망가지는 것이었다. 집에서 부쳐 온 돈을 학비에 쓰지 않고 노는 데 썼다. 돈을 물처럼 쓰니 친구 비슷한 무리가 생겼다. 스무 살도 되지 않은 아이가 술에 취해 흥청거리기 시작한 것이다. 한국에서의 생활 패턴이 그대로 이어졌다. 하지만 노는 것도 한계가 있는 법, 술에 취해 곯아떨어진 친구의 집에서 아침에 우연치 않게 발견한 책이 바로 내가 쓴 책이었다. 그녀는 내가 한 많은 말 중 한 가지에만 집중했다. 분노였다. 복수였다. 반드시 성공을 해서 자신을 알아주지 않는 세상과 사람들에게 두고 보란 식으로 복수하겠다는 마음이 생겨난 것이었다.

"그때까지 나의 복수는 내가 이렇게 망가지고 더 이상 한심할 수 없을 정도로 한심해지면 부모님들이 가슴 아파할 것이라는 데 초점이 맞춰져 있었습니다. 그런데 선생님의 글을 본 순간 생각이 바뀌더군요. 부모님의 가슴을 찢어 놓는 것엔 성공하겠지만 한편에서는 '그것 봐 내 그럴 줄 알았지. 네가 별 수 있어?'라고 말하는 사람들의 모습이 떠오르는 거예요. 그 새티스팩션(satisfaction)에 울컥했습니다."

잘못된 복수심을 버리고 그녀가 선택한 것은 공부를 하는 것이었다. 그녀의 목표는 망가지는 것에서 하버드에 입학하는 것으로 바뀌었다.

나는 부자로 태어나지도 않았고 그녀처럼 타인에 의해 억지로 타지에 들어선 것이 아니라 그 어린 소녀의 심정을 모두 이해했다고 할 수는 없다. 그러나 마음만 고쳐먹으면 그녀는 일반적인 사람보다 훨씬 많은 기회를 부여받을 수 있다. 부모의 재력이 그녀의 성취에 쏟아질 것이기 때문이다. 그러나 그 모든 것을 차치하고 나는 그녀의 성품이 재미있었다. 그녀는 사고 치기 좋은 성격이다. 방향만 잘 잡는다면 그 제멋대로인 성격이 좋은 의미로 큰일을 낼 가능성으로 변할 수도 있는 것이다.

반면 거제도의 그녀는 분노하고 화를 내야 한다. 군에 떨어졌을 때도 왜 그렇게 됐는지 정확하게 따져 물어야 했고, 회사에서 그런 극악의 상황이 닥쳤다면 발악을 했어야 했다. 폭력은 언어든 물리적인 힘이든 다름 아닌 당신의 생명을 모독하고 구속하는 행위다. 이른바 범죄인 것이다. 그런 범죄 앞에서 참는다는 것은 당신이 착해서가 아니라 그저 오랫동안 몸에 밴 습관 때문에 그런 것이다. 그대로 살다가는 당신은 당신의 어머니와 같은 삶을 이어 나갈 것이다. 당신 어머니는 훌륭하다. 그런 상황에서 아이들이 엇나가지 않게 하기 위해 최선을 다하셨다. 그러나 보다 현명한 방법은 상황을 바꾸는 것이다. 참는 것이 능사가 아니다. 부부란 서로의 역할을 다할 때에만 유지되는 관계다. 가족을 크고 작은 세파로부터 지켜 주어야 하는 가장이란 사람이 노름에 빠지고 폭력을 휘둘러서는 그 가족은 정상적일 수가 없다.

지금과는 다른 인생을 꿈꾼다면, 보다 더 큰 세상에 나가 꿈을 이루고 싶다면 성격을 바꾸어야 한다. 설혹 세상으로부터 '독한 여자' 소리를 들을지언정 물러서서는 안 된다. 가난하고 못나고 독하다는 말을 듣더라도 자신의 생각을 당당하게 말할 수 있는 사람이 되어야 한다. 가난한 여자가 그저 고개 숙이고 참아 내는 것은 경쟁 사회에서 아무런 이득도 되지 않는다. 그저 힘 있는 자의 먹잇감이 될 뿐이다. 특히 당신에게 있어서는 참는 것보다 화를 내는 것이 자기를 위한 올바른 희생에 더 가깝다. 시간을 낭비하지 말라. 참고 견디는 시간이 일반적으로 화를 내고 잊는 것보다 오랜 시간이 걸린다.

다시
꽃 피우는 인생

직업이 작가로 바뀐 이후 가장 힘
든 것은 글을 쓰는 것이 아니라 글을 읽는 것이다. 나에게 오는 글
을 읽고 있노라면 간혹 힘에 부친다. 천 명이 글을 쓰면 천 가지 글
의 향기를 내뿜는다. 그게 참 힘든 일이다. 내 인생만으로도 벅찬데
타인의 삶을 속살 그대로 들여다보고 있자면 때론 어지럽다. 내가
편안한 사람이 아니라서 더 그런 것 같다. 내가 사람들의 마음을 편
안하게 하는 작가였다면 사람들도 나에게 평화로운 마음을 전달하
고자 했을 것이다. 그러나 나는 사람들을 쥐고 흔드는 작가다.

당신은 더 노력해야 하고 쉬지 말아야 한다. 눈물을 흘려라. 그리
고 그 자리에서 일어나 무엇이라도 하라. 괴로운가? 그게 인생이
다……. 나는 그렇게 말해 왔다. 요즘 나의 화두는 '성공한 사람의

성공을 보지 말라. 그 성공을 위해 그가 겪은 힘든 고난의 세월과 희생을 잊지 말아야 한다.'로 살짝 바뀌었다. 전이나 지금이나 어느 것 하나 요즘 유행하는 힐링과는 거리가 멀다.

그래서 그런지 나에게 오는 글들은 모두 사정이 딱하고 무거운 고민으로 꽉 차 있다. 그래도 별 수 없다. 그것에 화답하는 것도 나의 몫이다.

간혹 온화한 느낌의 글이 도착하기도 한다. 알고 보면 그 글 또한 인생의 달콤함보다는 잔인함이 묻어 있지만 그래도 녹록치 않은 연륜으로 글의 향기가 달달한 것이다.

그녀는 나와 비슷한 연배였다. 강남에서 큰 레스토랑을 경영하다가 IMF의 시련을 넘지 못하고 실패를 겪었다. 그 와중에 25년간 쌓아 온 재산을 고스란히 날렸다. 그녀의 가족은 괴나리봇짐을 싸서 이사했다. 현재 그들은 충북 진천에서 장미 농사를 짓는다. 그 글의 서두는 이렇다.

"불과 얼마 전까지 누렇게 익은 벼 이삭 위로 빨간 고추잠자리들의 비행을 보았습니다. 그 모습이 너무도 평화로워 일하다 땀이 나면 잠시 쉬었지요. 코스모스 물결치는 논두렁 옆에 앉아 차 한 잔 마시며 잠시 쉬는 여유로움을 맛보았습니다. 그런데 며칠 전부터 콤바인 소리가 연일 들려오더니 옛날 중학생 까까머리 모양 황량한 벌판으로 변하고 마음마저 쓸쓸해지는군요. 이제 머잖아 마음을 하얗게 물들일 눈들도 폴폴 내리겠죠."

그녀의 글에서는 실패자의 어두움을 찾아볼 수 없었다. 그녀는 남매를 두고 있는데 장남은 군 복무를 마치고 다시 대학에 복학을 했고, 딸은 호주 유학 후 다시 캐나다에서 유학 중이었다.

"딸아이는 집안 사정이 어려우니 다시 한국으로 나와야 되지 않겠냐고 걱정했지만 3년 가깝게 보낸 기간이 아까워 남편과 상의 끝에 어렵지만 힘닿는 데까지 해 보자고 딸애를 안심시켜 주었습니다. 그러나 다달이 밀리는 생활비에 주눅 들어 지내는 모습을 생각하니 마음이 편하지 않네요. 편지와 전화할 때마다 딸은 자신이 죄인인 양 죄스러워 하는 모습이 역력합니다. 일부 돈 많은 집안의 자녀들은 넘치는 생활비로 학교도 결석한 채 자동차를 몰고 놀러 다니기에 바쁘다는데 딸아인 늘 교통비 몇 달러 달랑 남으면 모기 소리로 "엄마" 하고 전화로 부모님 건강을 먼저 묻지만 전 벌써 알죠. 다행히 1~2등을 하고 결석 한 번 없이 리포트도 잘해 온다고 학교에선 선생님들께 꽤나 모범생으로 칭찬을 받은 모양이에요.

혹시나 궁금해 학교 성적표를 보내라면 제 딴엔 꽤나 열심히 했더라고요. 그런데 학생들이 자기들과 함께 놀러 다니지 않는다고 왕따를 시키나 봐요. 함께 놀아 주려고 해도 시골에서 고생하시는 부모님 생각에 안 된다나요. 딸이 유치원 전엔 일주일에 용돈 200원을 주면 한 달 동안 꼬박 모았다 동화책을 사서 읽곤 했어요. 어느 날 시장에 손잡고 가는데 딸이 '엄마가 책을 많이 읽으면 길이 보인다고 했잖아. 근데 아무리 책을 많이 읽어도 길이 안 보이는데.'라고 하더군요. 그래서 전 '응, 사람 다니는 길이 아니라 여러 종류의 책을 읽다 보면 어떤 일이 생겼을 때 반짝하고 잘 해결할 수 있는 지혜가 생겨나는 거야.'라고 설명을 해 주니 배시시 웃더군요. 희망이라도 더욱 안겨 줄 일이라면 무슨 짓인들 못하겠습니까?"

그녀는 희망을 놓지 않기 위해, 자식들에게 모범을 보이기 위해 오늘도 포기하지 않고 한숨짓지 않는다 했다. 매일 장미 가시에 손마디가 찔리고 또 찔려 이젠 가시도 피해 가는지 나름대로 곱게 묶는 솜씨도 얻었다 한다.

그녀의 편지를 읽으며 나는 붉은 장미를 떠올리기보다는 쓸쓸한 겨울의 황량한 벌판을 떠올렸다. 희망이 없어서가 아니다. 사람들은 생명이 넘치는 봄과 여름이 가장 생명력이 넘치는 계절로 여긴다. 하지만 나의 생각은 다르다. 황량한 겨울이 에너지가 가장 많이 모이는 계절이다. 그것을 겉으로 내뱉지 않고 감추고 있을 뿐이다.

그녀는 어떤 상황에서도 희망을 놓지 않을 사람이다. 그러니 글도 그렇게 멋지지 않겠는가. 희망을 놓기는커녕 자신의 생을 아름답게 꾸미기 위해서 어떤 희생도 마다하지 않을 사람이다. 그 어려운 환경에서도 유학을 떠난 딸도 대단하다. 아마 그녀는 그녀의 어머니를 닮았을 것이다.

실패만한 경험은 없다. 실패 없이 어떤 생의 즐거움이 찾아오겠는가. 끝까지 자신을 믿고 가족을 믿고 전진하기 바란다. 당신의 삶도 당신이 키우는 장미만큼이나 붉게 피어오를 것이다. 그 향기가 당신 곁에서 오래도록 머물길 바란다.

작은 성공의 경험

　　　　　나는 상당히 오랜 시간 동안 현실
로부터 도망을 쳤다. 1970년대에 한국 사회로부터 도망쳐 미국으
로 갔고, 이대로 가다가는 폭력을 휘두르는 남편을 죽이겠다 싶어
군대로 도망쳤다. 미군에 있을 때에도 남편 꼴 보기 싫어서 일에 미
쳐 지냈다. 참으로 다행인 것은 내가 도망친 피신처에서 나는 항상
최선을 다했다는 점이다.

　일에 미쳐 지냈고 일을 즐겼다. 처음 나는 식당 종업원으로 미국
생활을 시작했지만 대학에 진학할 수 있었고, 미군에 입대해서는
훈련병 중에 일등을 했다. 이후 일에 미쳐 지낼 때마다 항상 뜻밖의
성과를 거두었다.

　남편이 보기 싫어 일에 파묻혀 지낼 때 나는 미군 보급과에 소속

되어 있었다. 그런데 당시 보급과는 커다란 숙제를 안고 있었다. 수년 동안 서류 처리를 제대로 하지 않아 직속 상급 부대의 검열을 통과하지 못한 것이었다. 해결 방법이 보이지 않는 집안 문제로 골치를 썩고 있던 내게 그 일은 기회였다. 상사 중 어느 누구도 나에게 그 일을 처리하라고 지시하지 않았지만, 나는 내 자신에게 그 일을 하라는 명령을 내렸다. 그날부터 아침 일찍부터 밤 열두 시가 넘을 때까지 일에 매달렸다. 2년 전 서류부터 차근차근 검토해 나갔다.

보급과의 골칫거리를 처리하겠다고 나서서 일에 몰두하자 동료들이 나를 대하는 태도가 달라지기 시작했다. 하사 한 명이 다가와서는 자신이 도와줄 일이 없느냐고 물었다. 내가 "창고에 가서 보급품 숫자 좀 파악해서 알려 주세요."라고 하면 그는 당장에 달려가서 전에 없이 부지런을 떨었다. 내가 하도 바빠서 밥 먹을 시간조차 없다고 하면 자기 돈으로 음식을 사다 주기까지 했다.

나중에는 중대장까지 나서서 나를 도와주려고 애썼다. 그런 모습에 나는 또 자극을 받아 더 열심히 일에 열중할 수밖에 없었다. 그들에게 나는 더 이상 한국 출신의 여자 상병이 아니었다. 상병이 상관의 눈치를 봐야 하는 것이 정상이거늘, 오히려 그들이 내 눈치를 살피며 신경을 건드리지 않으려고 노력했다. 상황이 계속 그렇게 흘러가다 보니 내가 없이는 일을 제대로 해결할 수 없는 상황이 되었다. 나는 보란 듯이 케케묵은 숙제를 말끔히 처리해 나갔고, 동료와 상관들로부터 인정을 받았다. 그렇게 서너 달이 흘렀다. 그리고 처음 계획한 것 이상으로 목표를 달성했다.

생명은 흘러야 하고,
희망은 꽃피어야 한다

내가 속한 보급과가 8군의 중대 가운데 최우수 성적으로 검열을 통과했던 것이다. 나의 업무 능력에 대해서는 8군의 최고 검열관까지 인정해 주었다. 나는 특별 훈장까지 받았다. 코리아 헤럴드와 코리아 타임스에 내 이야기가 실리기도 했다. 난생 처음 언론에 소개된 것이었다. 얼마 지나지 않아 병장으로 진급하자, 다른 중대에서 나를 데려가려고 경쟁을 벌이기도 했다.

내가 이 이야기를 하는 이유는 간단하다. 사람은 꼭 자기가 하고 싶은 일만 하면서 살 수는 없다는 말을 하고 싶기 때문이다.

나는 자주 사법고시나 행정고시 같은 국가고시에 실패한 사람들의 사연을 받는다. 30대를 넘어 40대에 가까워진 사람들도 상당히 많다. 그들의 고민을 한마디로 요약하면 '지금까지 외길만 바라보고 왔는데, 이제 와서 다른 일을 할 수 있을까요?'다. 일단 그들에게 나는 그동안 수고했다는 말을 하고 싶다. 비록 제각각의 이유가 있어 그 시험을 포기하고 물러나는 것이겠지만, 그래도 그간 한 가지 일에 매달리고 도전한 것에 위로와 격려를 보낸다.

모두가 성공할 수는 없다. 특히 합격이나 당선 인원을 제한한 테스트에서는 누군가가 성공하면 다른 누군가는 실패할 수밖에 없다. 그렇다고 성공하지 못했다 해서 모두가 실패자는 아니다. 인생은 길다. 꼭 그 길만 있는 것은 아니다. 실패한 자신을 묻어 두고 그간 노력한 자신만을 떠올려라. 그만한 노력이면 못해낼 일이 없다. 어떤 일을 하더라도 성공할 수 있다고 믿는다.

작은 것부터 쌓도록 하라. 하다못해 편의점 아르바이트를 하더라도 지점장이 이야기하기 전에 최상의 진열을 위해 노력해 보자. 책 대여점을 한다면, 독자들이 원하는 책이 무엇인지 미리 검토하고 분석해서 독자들이 필요로 하는 책을 쉽게 찾을 수 있도록 해 보자. 작은 회사에 들어갔다면 남들이 하기 싫어하는 일, 꺼리는 일에 먼저 다가가자. 그리고 그 작은 성취를 위해 다시 한 번 희생해 보자.

그런 모습을 보이는 것만으로도 당신은 동료로부터 인정받을 수 있다. 그리고 당신은 제2의 인생을 펼쳐 나갈 수 있다. 새로운 길로 들어서는 문은 남이 열어 주지 않는다. 당신이 직접 다가가서 밀어야 열린다. 그 길을 가는 동안 고시생이었던 과거의 '나'는 저 멀리 사라지고 없을 것이다. 당신의 이름은 변하지 않겠지만 당신은 사람들에게 이전과는 다른 의미의 존재가 될 것이다. 그 순간 당신의 새로운 인생이 시작된다.

경험은
버릴 게 없다

종종 미디어는 각종 지표를 내보
내며 우리나라가 지난 반세기 동안 얼마나 성장했는지를 되새기거
나 선진국의 반열에 가까웠음을 알린다. 그런 발표를 반박할 생각
은 없다. 우리나라는 해방 이후 세계의 어느 나라보다 숨 가쁜 시간
을 보냈다. 그리고 국민의 희생을 바탕으로 눈부신 성장을 해 왔다.
그러나 지금 이 시간에도 새로운 희망을 찾기 위해 해외로 이민을
고려하는 사람, 유학을 떠나고자 하는 학생들은 늘어만 가고 있다.
  냉정하게 말해 우리나라가 상위 클래스의 선진국으로 가기 위해
서는 아직 가야 할 길이 멀다. 통일이 되기 전에는 물리적으로 강대
국이 될 조건을 갖추기도 어렵다. 결과적으로 말하자면 국민 스스
로가 느끼듯 우리는 아직 선진국으로부터 배울 것이 많다. 그렇기

에 그토록 교육에 열을 내고 있는 것 아닌가. 내게 오는 편지 중 학생들의 고민은 대부분 이 지점에 있다. 어떻게 하면 유학을 갈 수 있는가이다. 부유한 집안의 학생이 그런 고민을 할 리 없다. 고민을 안고 있는 이들은 가난하다. 때문에 돈을 모아야 한다. 그것은 달리 방법이 없다. 일터를 찾아 노동을 하는 방법이 유일하다.

노동은 쓸데없는 일이 아니다. 예로부터 몸으로 배운 일은 잊지 않는다는 말이 있다. 노동은 우리의 몸에 그대로 배고 값진 경험으로 남는다. 이를 너무 가벼이 여기거나 그런 일을 했다고 해서 슬퍼할 이유는 없다.

버클리 유학생이 있다. 그녀는 버클리 음악 대학에서 실용음악 작곡, 편곡(Contemporary Writing & Production)을 공부하고 있었다. 항상 최선을 다하고 있다고 자평한 그녀는 유학을 가기 위해 장장 4년 6개월의 노동을 했다고 내게 말했다. 너무 시간이 오래 걸려 그 시간을 아까워하는 빛이 역력했다. 그녀는 학비 문제로 몸살을 앓고 있었다.

"미국 유학이 장장 4년 6개월이란 시간을 요하게 될지는 미처 몰랐습니다. 또한 그 4년 6개월이란 기나긴 시간이 안겨 줄 엄청난 삶의 무게 또한 말입니다. 여하튼 출장 레슨에서부터 고등학교 임시 강사, 학원 강사, 보험 설계사에 이르기까지 두루두루 안 해 본게 없을 정도였지만 수많은 시련과 고통의 연속이었습니다. 어렵사리 대학 졸업 후 무려 5년여란 시간을 보내고 나서야 겨우 이곳 미국에 올 수 있었습니다. 현재 제 걸음을 가로막고 있던 것은 엄청난 학비입니다. 하나님께 제발 학비만 좀 어떻게 해 주십사고 턱없이 바랐습니다. 분명 더 좋은 다른 길을 열어 주시리라는 소신이 있었기 때문이었습니다. 제게는 더 이상 돌아갈 만한 길도, 시간도 없기에 마지막 보루(역량 있는 작·편곡가가 되는 것)에 제 모든 삶을 걸고 있습니다. 앞으로 공부를 다 마치기까지 1년을 남겨 둔 이 시점에서 이렇게 도중하차할 수밖에 없는 것인지, 또 다시 원점에 돌아와서 하나님의 뜻을 구하게 된 저는 막막하기만 합니다."

하나님이 결코 학비를 보내 주지는 않는다. 그분은 그리 한가한 분이 아니다. 물론 나도 기도를 한다. 지난 시간 내가 무엇을 잘못했는지 회개하고 앞으로 같은 실수를 되풀이하지 않게 도움을 바란다. 하지만 내가 할 수 있는 일을 바라지는 않는다. 이는 신을 믿고 안 믿고 간에 마찬가지다.

당신의 삶은 지난했다. 충분히 고단했음을 알고 있다. 그리고 당신에게는 남들에게는 없는 장점, 바로 경험이 있다. 지난 경험을 살려라. 1년여가 남은 학업, 조바심을 갖지 말라. 나는 대학만 아홉 군데를 다녔고 석사와 박사를 마치기까지 근 16년을 소비했다. 그렇지만 그것은 단순히 허송세월을 보낸 것이 아니었다. 모든 순간이 나 자신과의 전투였고 그 또한 새로운 경험이었으며 지금 살아가는 데 소중한 에너지가 되었다.

내가 아는 한 예술 분야에서 조급함을 갖는 것은 금기다. 경험을 쌓을수록 당신의 삶과 창작물은 깊이를 더할 것이다. 순간순간이

고단하다고 해도 그것에 지지 말라. 원체 인생이 그렇다. 현재가 그
토록 피곤한데 지난 삶이 괴로웠음을 굳이 상기시킬 이유가 무엇인
가. 그럴 필요 없다. 지금 이 순간을 살라. 지나고 나면 모두 값진 희
생이었고 소중한 경험이 된다.

실패를 실패로
끝내서는 안 된다

　　　　　　　　　　과거에 내가 떠나왔던 한국과 현
재의 한국은 엄연히 다른 곳이다. 1971년의 한국은 내게는 숨을 쉴
수 없을 만큼 답답한 곳이었다. 특히 시골 출신이자 여자인 나에게
는 무자비한 곳이었다. 고등학교를 나와 몇몇 직장을 전전하면서
내가 느낀 사회는 여자이기에 평등한 기회를 얻지 못하고 여자이기
때문에 희롱 당할 수 있는 곳이라는 것이었다. 그리고 나라 자체가
가난했다. 남자들에게조차 성공의 기회가 많지 않은 곳이었다. '박
사'가 꿈이었던 나에게 있어 그런 현실은 암흑 그 자체였다.

　얼마 전 강연회에서 청중 한 명이 내게 이런 말을 했다.

　"선생님의 성공하고자 하는 의지와 그것을 실천한 실행력을 볼

때 굳이 미국에 가지 않고 한국 사회에 남았어도 성공하시지 않았을까요?"

난 대답할 수가 없었다. 젊은 날 나는 한국에 없었다. 그러니 그런 가정에는 확답을 할 수 없었다. 그렇지만 아마도 그러지 못했을 거란 서글픈 생각이 든다. 그렇게 가고 싶은 대학에 들어갔다고 해도 박사 과정까지는 가지 못했을 것만 같고, 특히 결혼을 했다면 여자로서의 역할이 지극히 한정되었던 당시 한국 사회 속에서 훨씬 많이 힘들지 않았을까?

지금은 한국 사회를 말해 주는 각종 지표들이 그때와는 다르다. 모든 집안일을 도맡아 해야 하는 딸은 더 이상 없는 듯하다. 그에 대해 의문을 제기하면 "니는 가시나 아이가!"라는 답변을 듣지 않는다는 말이다. 때에 따라서는 여성 상위라는 말까지 나온다. 그러나 내가 피부로 느끼기에 아직 우리 사회는 완전히 열려 있지 않다. 특히 '이혼녀'들에게서 날아드는 편지를 보면 나도 모르는 사이 고개를 가로젓게 된다.

내가 말하는 이혼녀에는 예비 이혼녀도 있음을 미리 밝혀 둔다. 예비 이혼녀는 말 그대로 이혼을 하지 않았지만 곧 이혼할 사람을 일컫는다. 예비 신부의 반대말이라고 해야 하나?

나는 결코 이혼을 권장하는 사람이 아니다. 하지만 상대가 청중이 되었든 내 책을 읽은 독자든 간에 처한 상황에 따라서 이혼에 대해 반대를 하지 않는 편이다. 본인과 그들 사이에 놓인 아이들을 위해서도 이혼은 결코 잘못된 선택이 아니다. 그들은 가난하든 부자이든 거의 모두 남편의 폭언과 폭력을 겨우 견디고 있는 사람들이다.

폭력의 역사는 우리가 생각하는 것 이상으로 유구하며 그것을 해결할 수 있는 방법은 지난하다. 간혹 아내를 때리는 남성들은 그들의 DNA에 '폭력'이 각인되어 있는 것은 아닌가 하는 생각이 들 정도다. 그 정도로 그들은 본인들의 행위를 고치지 못한다. 상대방인 아내들이 그의 행동으로 인해 얼마나 인성이 파괴되고 인생 그 자체에 대해 회의를 느끼는지 모르는 것 같다. 그 순간을 벗어나고 나중에 얼마나 비참했는지 아무리 설명을 해 주어도 모두 '그때뿐'이다. 이런 부부 사이에서 자라는 아이들은 항시 '불안함'에 노출되어 있다고 볼 수 있다. 가장 안락해야 할 가정이 불안정하다는 것은 아이들의 정서상 좋을 리가 없다. 차라리 이런 상황이라면 결손 가정을 택하는 것이 낫다고 나는 믿는다.

물론 한동안 유지되어 오던 가정이라는 틀을 해체하는 것은 많은 혼돈을 불러온다. 그 혼돈과 혼란을 정리하기 위해서는 또 다시 숱한 노력과 희생이 따라야 한다. 그러기에 어느 누구도 섣불리 가정을 깨는 결단을 내리지 못하는 것이다.

"올해 스물일곱 살의 이혼녀랍니다. 매일매일 고통스러운 시집살이와 남편의 폭음, 폭언을 견뎌 왔습니다. 마지막 내린 결론이 이혼이었어요. 지금 와서 생각해 보니 아이들에게는 오히려 잘된 일이지만 저는 아직도 사회가 무섭고 남자가 무섭습니다. 생활을 안정시키는 것도 무척 힘이 듭니다. 이혼하면서 위자료는커녕 빚만 떠안고 나왔습니다. 그 돈을 갚기 위해 집을 떠나 객지 생활을 하고 있답니다. 어린 아들 둘은 친할머니가 키우고 있어요. 제가 능력이 없기 때문이지요. 제 능력을 키우고 싶습니다. 어떻게 하면 서진규 님처럼 될 수 있을까요? 자식에게 떳떳한 어머니이길 바랄 뿐입니다. 자식을 버리는 것처럼 큰 죄는 없으니까요."

아이가 있는 동안에는 어머니라는 자리는 영원하다. 벗어날 수 없기에 그것을 자양분으로 삼아야 한다. 나도 이혼하기 전과 이후에 성아를 시어머니와 친정어머니에게 맡긴 적이 있었다. 대부분 직장 때문에 생긴 결과였다. 경제력이 있어야 아이를 건사할 수 있다. 그리고 아이에게 미래를 말할 수 있다. 이것은 반드시 필요한 조건이다. 다른 일반적인 이혼녀와 내가 다른 것은 나는 이혼 이전에도 그리고 이후에도 미군이라는 강력한 조력자가 있었다는 것이다. 직장이 없는 여성의 이혼은 더욱 힘들고 벅차다.

그럼에도 불구하고 나는 그들이 이혼을 선택하는 것에 반대하지 않는다. 사람은 능히 혼자서 살아갈 수 있다. 그리고 아이와 함께 사회의 최소 단위인 '가정'이란 것을 구성할 수 있다. 다만 엄청난 희생이 따른다는 것을 인지하고 준비해서 생활 전선에 뛰어들어야 한다.

이혼녀에게는 두 가지 편견이 평생 따라다닐 것이다. 하나는 '문제가 있으니 이혼을 했겠지'라는 편견이고, 다른 하나는 '결손 가정이니 아이가 저렇지'라는 것이다. 첫 번째 편견을 따로 해결할 방법은 전무하다. 물론 당신은 나와 마찬가지로 결혼에 실패했다. 그렇지만 그 실패가 영원한 것은 아니며 문제없는 사람이 세상에 어디

있겠는가. 당신이 사회의 구성원으로 당당해질 수 있다면 그런 편견은 서서히 줄어들 테니 무시하라. 다만 두 번째 편견에는 당당히 맞서야 한다. 아이들이란 자라면서 무수히 많은 문제를 일으킨다. 그 모든 것이 아버지가 혹은 어머니가 없어서 그렇다는 식으로 생각하는 이들의 문제 제기에는 적극적으로 맞서야 한다. 그리고 아이에게도 온전한 한 인간으로서 자랄 수 있다는 것을 다정하게 설명할 수 있어야 한다. 인간은 아주 복잡한 구조를 가졌다. 어머니가 그런 사회에 맞서는 모습만으로도 아이들은 자신에게 더 당당해질 수 있다.

삶이란 희생 없이 이루어질 수 없다. 하지만 그 희생은 긍정적인 것이어야 한다. 남편의 폭력, 사회의 편견 앞에서 묵묵히 참는 희생을 당신이 할 필요가 없다. 당신의 피와 땀은 당신이란 존재에 에너지를 불러일으켜야 하며 당신의 자식에게 삶의 의욕이 되어야 한다. 다만 그러기 위해서는 지금까지보다 훨씬 많은 희생과 용기가 필요하다는 것이다. 한 번뿐인 인생, 하지 못할 것은 무엇인가?

실패 없는 인생에는
감동이 없다

　　　　　　　　　　　　　　나는 드라마틱한 인생을 좋아한다.
어려서부터 그랬다. 성아가 만화책을 좋아하는 것은 전적으로 내
유전자를 물려받은 탓이다. 어린 시절 자란 곳이 제천이 아니라 좀
더 번화한 곳이었다면 나는 아마도 성아처럼 만화책을 벗 삼아 좀
더 상상력이 풍부한 아이로 자랐을 것이다.

　실패 없는 인생은 없다. 실패를 겪지 않은 인생이 있다면 나는
그에게서 아무런 감흥이나 매력도 찾지 못할 것이다. 반대로 높은
이상을 갖고 싸우다 실패하고 다시 일어나 나뿐 아니라 남들의 인
생에도 희망을 준 이들의 인생에는 깊은 경외심을 갖는다. 그것은
지금도 마찬가지다.

　나에게는 유독 군인들이 편지를 많이 보내온다. 남성에게서 오

는 편지의 60~70%는 군인이 보낸 것이라고 해도 과언이 아니다. 그중 대다수는 상병 이상의 계급장을 달고 있다. 아마도 그건 나의 전 직업이 군인이기도 하거니와 한국의 군대가 내가 겪은 군대와는 다른 구조를 가지고 있기 때문일지도 모른다.

한국의 군대, 특히 남성에게 있어 군대는 의무적으로 가야 하는 곳이다. 이병과 일병 때는 아마도 누군가에게 편지를 보낼 짬이 없는 듯하다. 그러다 상병에 이르면 펜을 들 시간적 여유가 있음에 틀림없다. 한번은 남성 지인에게 이런 궁금증을 풀어 놓았더니 그는 빙긋 웃었다.

"맞는 말이기도 하고 틀린 말이기도 합니다. 일·이병 때도 시간이 아예 없는 건 아닌데 여자 친구에게 편지를 보내느라 바쁘죠. 그래도 시간이 조금 남으면 부모님에게 보내는 거죠. 상병에 이르면 태반이 실연의 아픔을 겪기도 하지만 무엇보다 그간의 인생을 돌아볼 시간이 있습니다. 또 앞으로 내가 무엇이 될까 하는 고민에 빠지는 시간이지요. 그래서 책을 읽기 시작합니다. 저의 경우에도 상병이 된 후 한 달에 십여 권 정도의 책을 읽고는 했습니다. 그러다 보니 선생님의 작품을 만날 가능성이 높아지는 거죠. 아마도 선생님에게 편지를 보내는 대부분이 그 지점에 있는 친구들일 겁니다."

나는 그제야 그간의 궁금증을 해소할 수 있었다. 상병 이상의 군인들이 보내온 그 많은 편지 중 유독 기억에 남는 글이 있었다.

그는 해병대 상병이었다. 그리고 지인의 예상대로 미래에 대한 고민과 불안으로 불면증에 시달리고 있었다. 그는 스물두 살이라는 젊은 나이에 비해 상당히 많은 경험을 해 온 듯했다. 그 자신의 설명을 빌자면 그가 태어나자마자 부모가 이혼했다. 그래서 할머니 손에서 자라다가 큰아버지의 그늘에 들어가기도 했다. 그러다가 아버지가 재혼하자 다시 아버지와 계모 사이에서 자랐다. 첫 번째 계모는 문제가 있었다. 그녀는 그를 괴롭히고 구타했다. 온몸에 멍이 가실 날이 없었고 심지어 심하게 깨물어 선명한 이빨 자국을 남긴 적도 있었다. 그의 아버지는 두 번째 이혼을 결심했다.

그는 일곱 살 때 세 번째 어머니를 맞이했다. 세 번째 어머니는 지극히 정상적인 분이었던 듯하다. 그는 시골 마을에서 옷을 가장 잘 입고 잘 먹는 꼬마가 될 수 있었다. 마을에서 유일하게 유치원도 다녔고 학교에 입학해서는 언제나 1등과 반장을 놓치지 않았다. 웅변 등 여러 방면에서 재능을 발휘했다. 중학교에서도 상위 특별반에 들어가고 반장을 할 정도로 순탄했다. 허나 중2 때 아버지의 사업이 급격히 기울면서 부모님의 다툼이 잦아지기 시작했다. 안타깝게도 그는 사춘기였다. 성적은 하위권으로 곤두박질쳤다. 불안정한 집을 벗어나고 싶었던 그는 기숙사가 있고 학비도 나라에서 부담하는 공군기술고등학교에 지원했지만 보기 좋게 떨어졌다. 그는 자신의 표현을 빌자면 지극히 불량한 학교로 진학했다. 학생들은 배우고자 하는 의지가 없었고 학교 선생님 역시 가르치고자 하는 의욕이 없었다.

그는 그곳에서 자신을 다시 일으켜 세웠다. 영재 소리를 듣던 과거를 상기했으며 이를 악물었다. 그는 비록 그다지 좋지 않은 학교에서였지만 다시 1등을 하기 시작했다. 자신감을 되찾은 그는 더욱 노력했다. 전공학과뿐만 아니라 정작 하고 싶었던 문과 공부를 파고들어 내신 1등급을 얻을 수 있었고 학교에서 유일하게 오직 수능과 내신 성적만으로 4년제 대학에 합격한 기록을 남겼다.

해병인 그는 현재 미합중국의 장교를 꿈꾸고 있다. 세계 지도를 펼쳐 놓고 작전을 짜는 자신을 상상하고 있는 것이다.

"단 것이 있으면 쓴 부분도 반드시 있을 것입니다. 막연히 좋아 보이는 부분만 보고 섣불리 덤빈다면 그 쓰라림은 배가 되겠죠. 때문에 많은 준비를 하고 있습니다. 서진규 선배님, 저도 아버지를 비행기 옆 좌석에 모시고 가면서 새로운 세상을 보여 드리고 싶습니다. 아직 그 흔한 비행기 한번 못 타 보셨고 제주도도 못 가 보신 분이지만, 언젠가는 그것보다 훨씬 멋진 일들을 경험하게 해 드릴 것을 다짐하곤 합니다."

이 얼마나 매력적인 사람인가! 좋은 사람이 되는 것이 성공의 필요충분조건이라 한다면 그는 일부분 이미 갖추었다. 온전하지 못한 가정환경, 그리고 천당과 지옥을 오간 어릴 적의 기억, 그 모든 것이 이 훌륭한 해병을 만들었다.

실패는 성공을 만든다. 나는 아직도 꿈을 꾼다. 환갑이 넘은 나이에도 훈련병 시절의 나로 돌아가는 것이다. 도망치듯 입대한 미군, 열 살이나 어린 친구들 사이에서 나는 모든 훈련에서 처지는 편이었다. 특히 구보가 힘들었다. 뒤로 처질 때마다 교관은 내게 다가와 악을 썼다. 당시 영어로 소통하는 것이 원활하지 않았음에도 그가 왜 내게 소리를 지르는지, 무엇을 요구하는지는 충분히 알 수 있었다. 나는 입술을 깨물었다. 유산한 지 얼마 되지 않아 몸이 엉망이었지만 뒤처지지 않기 위해 혼신의 힘을 다했다. 때론 참을 수가 없어 소리를 지르고는 했다. 그리고 속으로 울었다. 내가 왜 서른이 다 되어 가는 나이에 이들과 이러고 있어야 하는지 알 수 없었다. 그럴 때마다 성아를 생각했다. 그 작은 생명 앞에서 나는 당당한 사람이 되고 싶었다. 힘에 겨워 주저앉으려는 나 자신을 안간힘을 다해 설득했다. 포기하지 말라고. 포기할 수 없다고. 그리고 나는 할 수 있는 사람이었다. 인생에서 단 한 번도 남들과 동등한 선상에서 경쟁해 본 적이 없었다. 늘 평균 이하의 상황에서 경쟁해 왔지 않았는가. 그렇게 생각한 순간 나는 훈련을 참고 견디는 것이 아니라 어느덧 즐기기 시작했다. 오늘 윗몸일으키기 20회를 했다면 내일은 25회를 할 것 같은 자신감이 생겼다.

1등의 기억은 소중하다. 생각해 보면 그 훈련소에서 훈련병 중 1등을 한 것이 이후 내 삶의 커다란 기폭제가 되었다. 뛰어넘기 힘든 벽을 만날 때마다 마음으로 외쳤다. '나 스물여덟 살에 미군 훈련병 중 1등 먹은 사람이야. 못할 게 없는 사람이라고!'라고.

그가 꿈을 이룰 수 있을지 없을지 나는 예측할 수 없다. 그의 말마따나 그가 얼마나 그것을 준비하느냐에 성패가 달려 있다. 단, 이것 하나만은 분명하다. 그는 남들이 실패했다고 한 순간 스스로를 일으켰다. 그리고 작지만 충분히 아름다운 성공을 했다. 그 작은 성공이 그의 향후 인생에 즐거운 동반자가 될 것이다.

흐르는 것에
생명이 있다

　　　　　　　　　　그날 나에게 주어진 시간은 불과
15분이었다. 장소는 텍사스였고 대상은 미군이었다. 나를 섭외한
소령은 내게 말했다.

"사병들은 요즘 강연에 관심이 없습니다. 그저 시간을 때우고 간
다는 생각이지요. 소령님께 많은 것을 바라지 않습니다. 적은 시간
이지만 좋은 말씀 부탁드립니다."

나는 강당을 향해 나갔다. 그리고 우선 경례를 했다.

"소령으로 전역한 서진규입니다. 1976년 11월, 일등병으로 입대
해 1993년 1월, 소령으로 진급했습니다. 군대는 당신들에게 무엇
입니까?"

난 다소 어수선한 분위기를 바꾸고자 질문을 던졌다. 예상대로

195

아무도 대답하지 않았다.

"내게 군대는 도피처였습니다. 나는 매 맞는 아내였기 때문입니다. 그러나 도피처였던 군대는 내게 기회의 땅이었습니다. 나는 입대 당시 스물여덟이었고 한 아이의 엄마였습니다. 윗몸 일으키기한 번을 못했고 단 3~4분의 구보도 감내하지 못하던 낙오병이었지만 이를 악물고 버텼고 신병 훈련소를 1등으로 졸업했습니다. 이후 군대는 나에게 대학을 제공했으며 장교로 진급할 수 있는 기회를 주었습니다. 그리고 마침내 내 꿈이었던 하버드 박사 과정까지 밟을 수 있게 도와준 후원자였습니다. 다시 묻겠습니다. 군대는 당신들에게 무엇입니까?"

그제야 사병들이 내게 집중하기 시작했다.

"행복한 줄 알아야 합니다. 당신들은 지구상에서 가장 강하다는 미군에 입대를 했습니다. 이곳은 전 세계의 평화와 힘의 균형을 위해서만 존재하지 않습니다. 다양한 성공의 기회를 부여하는 곳이기도 합니다. 즉, 희망의 땅이라고도 할 수 있지요. 여러분은 그 기회를 잡고 있는 겁니다. 단, 권리만 있는 것이 아닙니다. 여러분에게는 희생할 의무가 있습니다. 평화의 유지를 위해 젊음과 열정을 희생하십시오. 그리고 자기 자신을 발전시켜야 할 의무를 지키십시오. 자기 발전은 희생에 의해서만 이루어지는 겁니다. 희생이야말로 희망의 어머니입니다."

마주 보이는 곳에서 나를 섭외했던 장교가 손짓을 했다. 더 이상 시간에 얽매이지 말고 마음껏 이야기하라는 제스처였다.

2부 / 희망은 절대 멈추지 않는다

희생은
희망의 어머니다

나는 그날 30분 넘게 이야기했다. 강연이 끝나자 우레 같은 기립 박수가 터졌다. 사병들은 강당을 빠져나가지 않은 채 줄을 서서 내게 악수를 요청했다. 그들은 제각기 인사를 던졌다.

"감사합니다. 노력하겠습니다."

"훌륭하십니다, 소령님!"

"따님이 어디서 근무하는지 여쭤 보아도 될까요?"

"장교가 되려면 무엇부터 해야 합니까?"

1999년 이후 나는 국내외에서 2,200회 이상의 강연을 했고 영문판과 이 책을 포함해 총 6권의 책을 냈다. 그 속에 담긴 메시지는 '희망'이었다. 희망은 나를 지금까지 완성시켜 온 에너지이자 신앙이다. 그리고 앞으로도 그럴 것이다. 나는 나의 신앙을 전파하기 위해 부단히 노력해 왔다. 희망을 찾기 위해 노력하는 이에게 '희망의 증거'로서 나를 제시하고 길잡이가 되고자 했다. 나는 멈추기를 원치 않는다. 그리고 나를 찾아오는 사람들에게도 멈추지 않기를 권고한다.

1999년에 편지를 한 통 받았다. 70세의 노인이었다.

"좀 더 젊은 시절 선생을 만났으면 나는 더욱 괜찮은 삶을 살았을 겁니다. 이제 만나서 상당히 아쉽지만 그래도 얼마나 천만다행인지 모릅니다. 지금이라도 늦지 않았다는 것을 알았으니 말이지요. 이제라도 선생 같은 분을 만나서 나는 앞으로 목표가 생겼습니다. 그것은 '나는 그래도 70부터는 정말 훌륭한 인생을 살았다'라고 죽을 때 말하고 싶다는 것입니다. 선생께 약속 하나 하지요. 전 지금까지 무면허 운전을 했습니다. 하지만 당장 내일부터 정식으로 운전 면허를 따려고 합니다. 지켜봐 주십시오."

정말 기분 좋은 편지였고 특별한 내용이었다. 정확히 10년이 흐른 어느 강연장에서 나는 그를 직접 만날 수 있었다. 정말 우연히도 나는 그날 강연장에서 10년 전에 받은 70세의 할아버지에게서 받은 편지에 대해 이야기했다.

"지금은 100세 시대입니다. 그것을 잊지 말아야 합니다. 지금 40이든 50이든 혹은 60, 70이든 문제가 되지 않습니다. 인생은 끝날 때까지 끝나는 것이 아닙니다. 10년 전 제가 막 유명세를 탈 무렵 나는 어느 날 70세의 노인에게서 편지를 받았습니다. 그 내용인 즉……."

강연회가 끝나고 서로 안아 주는 행사 막바지에 60대 후반으로 보이는 노인이 웃으며 다가왔다.

"선생님, 혹 제가 누군지 아십니까?"

"예?"

"아까 선생님이 말씀하셨지요? 10년 전 편지를 보낸 70세 노인, 그게 바로 접니다."

"예!"

우리는 서로 마주 보며 웃었다. 나는 잊지 않고 물어보았다.

"그래 선생님, 운전 면허는 따셨습니까?"

"아이고, 바로 땄지요. 선생님에게 감명 받고 이제부터는 멋진 인생 살겠다고 약속했는데 지켜야지요. 그리고 정말정말 열심히 살았

습니다. 인생, 정말 마음먹기에 따라 달라지는 것 같더군요. 잘하려고
마음먹으니 나이는 문제가 안 되더군요. 선생님, 정말 감사합니다."

"저야말로 감사합니다."

흐르는 것에는 생명이 있다. 아니 흘러야 생명력이 생긴다. 나이
보다 한참 젊어 보이는 그 노인은 여전히 현역이었고 여전히 경제
활동을 하고 있었다. 그리고 사회 봉사 활동에도 열심히 참여하고
있었다. 세상사 모두 버려두고 뒷짐 지고 있었던 동네 노인이 아니
라 현재도 차를 몰고 세상 이곳저곳을 누비고 다니는 어엿한 현역
이었다. 정말 세상사 마음먹기에 달린 듯하다.

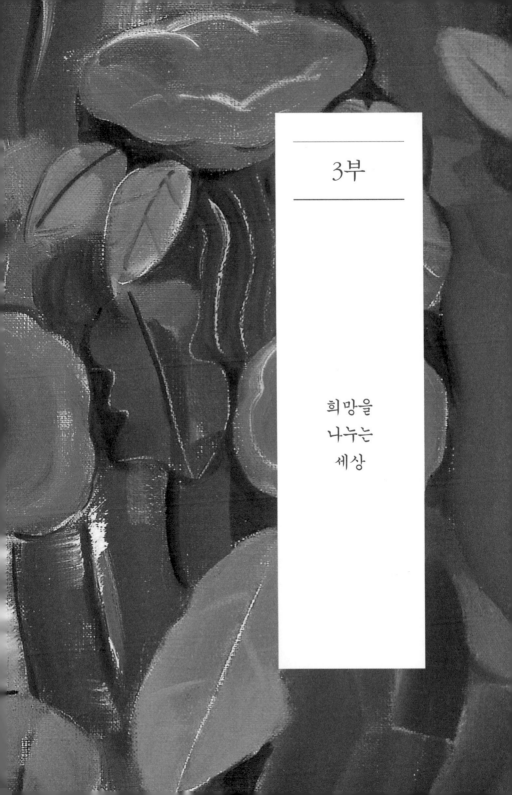

3부

희망을
나누는
세상

눈물로 씻은 눈만이
세상을 볼 수 있다

아픔을 알아야
타인이 보인다

　　　　　　　　　　　　매 맞고 살고 있거나 이혼한 여성
들의 편지를 일일이 헤아릴 수 없을 정도로 많이 받았다. 그런 상황
에 처한 여성들을 강연회에서도 자주 만난다. 그럴 때마다 나는 분
노한다. 이야기를 듣는 순간 분노하고, 그녀들의 모습에 더 분노하
고, 나중에 또 한 번 되뇌며 몸을 부르르 떤다. 그렇게 매번 나는 그
녀들의 아픔에 빙의가 된다. 그토록 처절한 현실은 우리만의 얘기
가 아니다.

　말레이시아에서 열린 세계 여성 리더 포럼에서 기조연설을 한
적이 있다. 내가 매 맞는 아내였으며 남편에게 복수를 하고 싶은 마
음에 그 사람을 죽일 계획을 세우기도 했다는 경험을 털어놓았다.
강연이 끝난 후 여러 사람이 내게 눈물을 흘리며 다가왔다. 그들의

눈물은 내가 안쓰러워 흘리는 것이 아니었다. 동질감과 연대 의식
에서 비롯된 것이었다. 더 놀라운 사실은 그중에 자기 나라에서 꽤
나 높은 고위직에 있는 사람도 있었다는 것이다. 대부분이 분노와
두려움, 수치심과 망가진 자존심 그리고 이혼 이후 여성과 아이들
에게 행해지는 일련의 사회적 폭력에 대해 호소했다.

나는 앞서서도 밝혔듯 이혼의 낙인과 지속적인 부부 간의 갈등
중 하나를 선택하라면 전자를 선택한다 했다. 특히 아이들이 있는
경우 부부 간의 폭력으로 형성되는 불안한 성장 환경이 아이들에게
더 치명적일 수 있다고 생각한다. 그날의 연설도 바로 그런 관점에
서 이야기했다. 갈등을 겪고 있던 여인들은 특히 내게 고마움을 표
했다. 나는 그저 그녀들에게 내 이야기가 도움이 되었다는 사실에
만족했다.

이후에도 동남아 지역에서 종종 러브콜이 왔다. 내가 그 나라를
찾아갈 때마다 그들은 내게 후한 대접을 해 주었다. 한국이라는 나
라는 그들에게 국가 발전의 모델이다. 못사는 나라의 가난한 사람
들은 한국에서 태어나 미국에서 성공한 이력이 있는 내게 호의적이
다. 나는 국내에서와 마찬가지로 해외의 강연에서 최선을 다해 이
야기한다. TV 프로그램에도 나갔다. 세계적인 리더들이 한 자리에
모인 자리이기도 했다.

"나는 가난했습니다. 그리고 내가 사는 나라도 지독히 가난했습
니다. 그리고 여성이기에 차별을 받았습니다. 아무리 노력해도 남
성들과 동일선상에서 시작할 수 없었습니다. 그래서 박차고 일어나

미국으로 떠났습니다. 그곳에서의 삶도 순탄치 않았습니다. 첫 결혼으로 두 명의 자녀를 얻었지만 남편의 폭력은 멈추지 않았습니다. 그런 와중에 미군에 입대했습니다. 당시 내 나이 28살이었습니다. 내 본연의 모습으로 돌아가 성공하기 위해 애를 썼습니다. 훈련병 중 1등으로 졸업한 이후 나는 군대에서 일등병으로 시작했고 그곳에 내가 가진 모든 역량을 쏟아 부었습니다. 중단했던 학업도 다시 시작했습니다. 소령으로 제대를 한 이후에도 학업은 계속했습니다. 여러분, 제 어릴 적 꿈이 무엇이었는지 아십니까? 박사! 박사가 되는 것이었습니다. 쉰 살이 다 되는 나이에 나는 하버드 대학교의 석사 과정을 밟기 시작했습니다. 그리고 내 딸아이가 하버드 대학교로 전학을 오게 되었습니다. 내가 하버드 대학교의 박사가 된 나이가 몇 살이었는지 아세요? 쉰아홉이었습니다. 할머니가 되었어도 벌써 되었을 나이에 나는 내 어릴 적 꿈을 이루었습니다. 제가 무엇을 위해서 쉼 없는 인생을 살았던 것일까요? 예, 증거가 되고 싶었습니다. 가난한 나라, 가난한 집의 딸도 자신의 꿈을 이룰 수 있다는 것을 보여 주고 싶었습니다. 직장에서도 학교에서도 최고가 될 수 있다는 것을 증명해 보이고 싶었습니다. 그리고 바로 지금 이렇게 여러분 앞에 서 있습니다. 이것이 현재 제 인생입니다. 증거가 되어 보여 주고 또 다시 앞으로 나아갈 것입니다. 전 세계의 여성들과 꿈에 목말라 하는 남성들에게 희망의 씨앗을 나누어 주는 그날까지 헌신하고 희생할 것입니다."

내 이야기는 그 나라의 TV 프로그램에 출연하기 전에 이미 회자

되기 시작했고, 그래서인지 이후 진행된 강연회에 사람들이 점점 더 모여들었다. 동남아 사람들에게 나의 이야기가 점점 퍼져 나가는 듯했다.

한번은 KBS의 〈아침마당〉에 출연했는데 패널 중 한 사람이 내가 강연을 했던 나라 출신이었다. 그녀는 코리안 드림을 꿈꾸며 국내에 들어온 사람이었다. 그녀는 내 인생을 길잡이 삼아 살아가고 있다며 내게 호의를 보였다. 나는 그녀의 이야기를 들으며 속으로 속삭였다. '다행이다'라고.

나는 내 인생을 이야기할 때마다 매번 격양된다. 청중들이 내 말에 호응할 때는 내 몸이, 내 정신이 어디로 가는지 계산하지 못하고 오래 묵은 감정에 휘둘린다. 그리고 매번 다행이라고 느낀다. 포기하지 않았음을, 내 자신에게 굴하지 않았음을 진정 다행이라고 생각한다. 그랬기에 오늘 나는 많은 사람들 앞에서 인생에 대해서 이야기할 수 있게 되었다. 슬픔 없는 인생이 어디 있겠는가. 누구나 자기의 인생이 가장 험난하게 느껴지는 법이다. 다만 나는 그들의 길잡이가 되길 바랄 뿐이다. 개인의 소망이라는 작은 성공을 거둔 사람으로서 누구나 꿈꿀 수 있고, 자신과 다른 이들을 위해 희생하고 이겨 나갈수록 꿈에 가까워짐을 앞서 보여 주었다는 것에 오늘도 감사드린다.

꿈에
국적은 없다

수많은 강연을 진행하다 보니 군
인이 꿈이라는 다문화 가정의 소피아라는 친구도 만났고, 긴장과
초조함을 가득 안고 나를 바라보던 새터민들도 만날 수 있었다. 그
들을 만났을 때 나는 초심으로 돌아갈 수 있었다.

소피아를 보면서 내가 미국 땅에 첫발을 내디뎠을 때의 모습이
새록새록 떠올랐다. 한국의 가난한 처녀가 미국에 도착했을 때의
흥분이란……. 다만 소피아는 우리 땅에서 태어나고 자랐다. 그녀
의 어머니는 한국 태생이 아니지만 이제는 분명히 이 땅에 발붙이
고 사는 한국 사람이다. 그럼에도 불구하고 그런 그녀에게 한국이
란 늘 도전의 장소다. 다문화 가정의 가족이라는 이유만으로 차별
이 존재하기 때문이다.

  과거의 그리스, 로마, 고구려 그리고 현재의 미국이 가진 공통점은 다양한 인종으로 이루어진 국가 체제였다는 점이다. 다양한 인종, 다양한 문화의 만남은 자연스러운 것이다. 인간은 그렇게 만나고 갈등을 빚으며 더 견고해지고 단단해져 왔다. 분명 초기에는 차별이 존재했다. 미국도 수세기 동안 흑인들을 차별해 왔지 않았는가. 그러나 차별을 줄이고 평등한 사회를 만들기 위해 많은 사람이 노력했다. 달리 기회의 땅이겠는가. 모든 이에게 동등한 성공의 기회를 제공해 줄 수 있는 시점에서 진정한 그 나라의 강함이 드러나는 것이다. 겁쟁이들만이 타문화를 배척하고 남들과 자기가 동등해지는 것을 꺼린다. 고구려는 소수 민족들을 끌어안으며 수와 당 등 중국의 강대한 고대 국가와 대등해질 수 있었고, 미국은 버락 오바마가 대통령이 된 시점에 인종차별에 관한 한 더 이상 국제 사회에서 거리낄 것이 없어졌다.

  우리 땅에 외국인들이 들어와서 산 지 오랜 시간이 흘렀다. 그들은 우리 땅에 들어와 일을 하고 가정을 이루었으며 세금을 내고 있다. 그렇게 '우리'라는 말 속에 포함되어 우리가 되어 갔다. 그렇지만 그 과정 속에서 엄혹한 차별과 핍박을 받아 상처만 입은 채 돌아간 사람들의 숫자도 적지 않다. 그들에게 남은 한국이란 이미지는 무엇이겠는가? 혹자는 말한다. 그들이 들어와 범죄율이 높아지고 우리나라 사람들이 일터를 빼앗기고 있다고. 수치상으로도 그건 사실이다. 그렇지만 그런 부정적인 측면이 있다고 해서 그들을 차별하거나 탄압해서는 안 된다. 모두 과정이다. 그들 중 대다수가 우리 국민들이 하기 꺼려하는 일을 하며 생을 부여잡고 있다. 그들의 자녀는 같은 교육을 받으며 꿈을 키우고 있다. 그리고 분명 이 국가를 떠받들 국민으로 자라날 것이다. 때문에 차별이란 있어서도 안 되며 있을 수도 없다. 그럼에도 불구하고 차별을 주장한다면 우리가 그토록 잊지 못하는 일제 강점기 시절 일본인들과 우리가 무슨 차이가 있겠는가.

꿈에는 인종이 없고 국가도 없다. 그리고 출신도 없다.

"나는 목숨을 건 적은 없습니다. 때론 죽음을 각오했지만 진정 단 하나밖에 없는 목숨을 담보로 모험을 건 적은 없었습니다. 내가 내 자신의 승리를 위해 모든 것을 희생하며 달려들었던 현실이 그토록 엄혹했던 적은 없었습니다. 내가 속한 사회는 정상적이었으며 설혹 그 싸움에서 졌어도 생을 영위할 수 있는 토대가 있었습니다. 인생을 걸었을망정 목숨까지는 아니었지요. 그렇지만 여러분들은 사선을 넘어서 이곳까지 왔습니다. 여러분의 꿈을 위해서 단 하나뿐인 목숨을 걸었습니다. 정말 대단한 분들이라고 생각합니다. 동포 여러분, 잘 오셨습니다. 그리고 반갑습니다. 저는 자신 있게 말할 수 있습니다. 이곳까지 오기 위한 노력의 반만큼이라도 다시 펼칠 수 있다면 이 남한 땅에서 성공하실 수 있을 겁니다. 그 노력을 다시 펼치는 데 내 인생 이야기가 조금은 도움이 될 수 있을 겁니다. 여러분, 제 어릴 적 꿈은……."

새터민을 앞에 두고 나는 또 다시 인생을 이야기한다. 그 어떤 그룹보다 그들은 잘 살 수 있는 능력의 소유자들이다. 사선을 건너

온 사람들이기 때문이다. 엄청난 자기희생을 통해 오직 한 길만 바라보며 온 이들이기 때문이다. 성공은 과정이다. 결과를 보고 성공이라고 생각한다면 재벌 집 아이들은 태어나자마자 성공했단 말인가? 천만에! 성공이란 처음 시작 지점부터 과정 하나하나를 모두 평가해야 한다. 그렇게 본다면 새터민들은 이미 성공의 문턱에 서 있는 사람들이다. 국가적인 폭력과 생존의 압박에 굴하지 않고 그것을 이겨 낸 사람들이기 때문이다.

"한국에서의 삶도 고단할 것입니다. 여러분 중 대부분이 흔히 말하는 밑바닥에서 시작해야 할 것이기 때문이죠. 여긴 철저한 능력 위주의 사회입니다. 하지만 지난 고생에 비하면 앞으로 일어날 고단함은 '이까짓게 고생이야?' 하는 의구심이 들 정도로 넘길 수 있을 것이라고 자신할 수 있습니다. 성공이란 모든 과정의 총합입니다. 그 고생의 과정이 모두 여러분의 성공에 포함될 것입니다. 그리고 사회에서도 그것을 인정하고 여러분을 띄워 줄 것입니다. 그 증거가 바로 접니다. 시작은 보잘것없었지만 수많은 과정을 거쳐 이 자리에 이르자 세상은 나에게 더없이 너그럽고 관대해졌습니다. 나의 성공은 결국 지금 여러분들을 위해 존재하는 것과 마찬가지입니다. 나는 단번에 성공할 수 있는 사람이 아니었습니다. 집안은 가난했고 능력은 보통이었습니다. 그러나 의지가 있었습니다. 가는 곳마다 일등이 되기 위해 노력했습니다. 식당에서도 학교에서도 군대에서도 최선을 다했습니다. 과정 없는 성공이란 없습니다. 그 과정을 두려워하지 마십시오. 앞으로 어떤 일이 닥쳐도 좌절하지 말고

포기하지 마십시오. 여러분이 가진 능력이면 능히 현실의 벽을 깨고 앞으로 나아갈 수 있습니다."

강연이 끝나자 삼십대의 한 여인이 내게 다가와 와락 나를 껴안았다. 그리고 그녀는 마이크를 잡았다.

"여러분, 우리의 영웅 서진규 선생께 박수를 쳐 주십시다. 서진규 선생님, 감사합니다. 우리에게 용기를 주셔서 감사하고 열심히 살아갈 수 있는 자긍심을 주셔서 감사합니다. 열심히 살겠습니다. 우리에게 포기란 없소!"

새터민을 위한 강연회는 주로 중소기업협회에서 주최한다. 그 이유는 새터민들 대부분이 밥벌이를 대기업에서 하려고 하는 경향이 있기 때문이다. 일손 부족에 시달리는 중소기업에서는 새터민들이 자기네 회사에서 일해 주기를 바란다. 그래서 그런 자리를 마련하는 것이다.

새터민들에게는 정보가 부족하다. 성공할 수 있는 능력은 충분하나 대한민국에서 그들은 초짜 국민일 뿐이다. 또한 그간 겪어 온 고생으로 인해 어느 정도의 보상 심리가 있는 것도 사실이다. 하지만 지금 사회에서는 과거의 전시 행정 같은 일이 되풀이되지 않으며 그럴 수도 없다. 그들은 특별한 사람들이지만, 여느 국민과 마찬가지로 특별하지 않은 존재로 받아들여지는 것이 더욱 온당하다. 다행히 나의 강연이 끝날 때마다 그들은 중소기업에 지원하는 것을 망설이지 않았다. 중소기업에 들어가 자신의 가치를 증명하는 일이 우선이라는 것을 깨달았기 때문이다.

많은 사람들이 내게 통일에 대해 묻는다. 내가 동북아에 관한 연구로 박사 학위를 받았기 때문이다. 그렇다고 내가 통일에 관한 박사는 아니다. 하지만 북을 탈출해 이곳으로 찾아온 새터민들의 삶이 통일의 밑그림이 된다는 것만은 분명하게 말할 수 있다. 그들의 정착 과정을 지켜보는 것만으로도 통일 이후 사회의 변화를 예측할 수 있기 때문이다.

사회와 국가가 존속되기 위해서는 어떤 상황에서도 국민들이 꿈을 꿀 수 있어야 한다. 그리고 꿈은 국민의 출신과는 아무런 관계가 없다.

삼류의 꿈,
일류의 결과

이십대, 그 아릿한 청춘!

부럽다. 그 생명력이 정말 부럽다. 그렇지만 20대는 대체로 산만하고 어리석다. 예전 나보다 앞선 선배들이 젊음의 어리석음에 대해 논할 때 나는 무척 화가 나고는 했다. '아니 자기는 얼마나 훌륭한 젊은 시절을 보냈다고 다른 이들의 젊음을 어리석다고 표현하는 거야?'라고 혼잣말로 핀잔을 주었다. 그러나 지금 그 모든 과정을 돌아보니 역시 젊음은 아름답지만 어리석다. 지금의 상태로 20대로 다시 돌아가라고 하면 정말 더 잘 살 자신이 있는데 그건 불가능하다. 신이 아닌 다음에야 어떻게 그렇게 하겠는가. 바로 이런 괴리감이 후배들을 보며 어리석다고 표현하는 이유다. 그리고 잔소리를 퍼붓게 되는 이유이기도 하다.

젊은 친구들을 보면 잔소리를 멈출 수가 없다. 조금만, 정말 조금만 노력하면 그 인생이 빛날 수 있다는 것을 알기 때문이다. 일흔 살을 바라보는 나도 스페인어를 공부하고 있다. 내 앞으로의 삶에 보탬이 되기 때문이다. 그 언어를 쓰는 사람들을 앞에 두고 스페인어로 말하고 싶기 때문이다. 예전에 영어를 배울 때도, 일어를 배울 때도 내가 그 언어를 습득해야 할 필요가 있었기 때문에 열심히 매달렸다. 그리고 언어를 습득한 후에는 전혀 상상도 하지 못한 새로운 세계가 펼쳐졌다. 단지 필요에 의해 공부했을 뿐인데 몇 배, 몇 십 배의 파급 효과가 일어났던 것이다. 국민 타자 이승엽의 모자에 적혀 있다는 '노력은 배신하지 않는다'란 말은 이 경우에도 해당한다 하겠다.

사람은 최선을 다하지 못했을 때 자괴감에 빠지고 자격지심이 생긴다. 그가 그랬다. 22살의 육군 병장은 본인의 표현을 빌자면 '지방 삼류 대학교에, 그것도 야간을 휴학 중'이다. 다행인 것은 그나마 가고 싶어 했던 호텔 관광학과를 다니고 있다는 것이다.

"하지만 지방 대학교라는 편견과 야간이라는 열등감을 끝내 이겨 낼 수 없었습니다. 처음에는 '그런 것들이 무슨 상관인가 나만 열심히 하면'이라고 생각했는데 시간이 갈수록 점점 더 커지는 열등감 때문에 견디기 힘들었습니다. 지금도 많은 고민을 합니다. 좀 더 넓은 세상에서, 해외에서 공부하고 싶다는 생각을 많이 합니다. 허황된 생각일 수도 있습니다. 그리고 제게는 한 가지 큰 꿈이 있습니다. 관광업계에서 큰 인물이 되고 싶습니다. 아직 개발되지 않은 많은 국가를 관광국으로 발전시키고 싶고 우리나라를 세계에서 가장 와 보고 싶어 하는 곳으로 만들고 싶습니다."

그녀도 22살이다. 사회 초년생인 그녀는 모 회사의 디자인실 막내로 일하고 있다.

"늘 잔심부름을 하죠. 아직 막내라서……. 하지만 전 늘 제가 들어온 회사에 만족해요. 사실 전 지방 전문대를 나왔거든요. 그래서 이번 회사에 오기 전엔 정말 절망적이었어요. 대학에서 공부를 열심히 했어요. 상위권이었고 장학금도 탔거든요. 그 덕에 입사할 수 있었고 지금 이 회사에 들어온 걸 친구들은 무척 부러워해요. 저의 가장 궁극적인 목표는 유명한 디자이너가 아니에요. 패션 에디터가 되는 거예요. 지금 제가 하는 일들은 에디터가 되기 위한 과정이죠. 그래서 전 책을 많이 보고 있어요. 제 작품이 패션 잡지에서 1등을 한 적도 있어요. 유학을 가려고 합니다. 돈이 없어서 3년 동안 돈을 모으면서 영어 공부도 하려고 합니다. 누구든지 희망을 가질 권리는 있잖아요. 아무리 불가능할지라도요."

지방 대학교, 지방 전문대……. 흔히 사람들은 이 대학들을 삼류 취급을 한다. 그리고 그 대학에 다니는 학생들도 삼류 취급을 한다. 이는 편견이다. 그들은 고등학교까지 이르는 과정에서 다소 노력을 덜 했을 뿐 인생의 패배자가 아니기 때문이다. 문제는 그 대학을 다니는 이들도 스스로 열등감에 빠져 있는 경우가 많다는 것이다. 특히 육군 병장이라는 그가 그렇다. 그 열등감에서 벗어나기 위해 발버둥을 치고 치열하게 사는 것은 디자인실 막내인 그녀다. 둘의 공통점은 꿈만은 누구에게도 뒤지지 않는다는 것이다.

분명히 말하는데 당신들의 22살은 나의 22살과 비교해 훨씬 낫다. 나는 고등학교를 졸업한 이후 어쩔 수 없이 가발 공장과 골프장 등에서 일해야 했다. 즐거웠던 적이 없었다. 그 지옥 같던 현실에서 도망치고 싶어 1970년 오사카에서 열린 일본 만국 박람회(日本萬國博覽會, The 1970 Japan World Exposition)에 행사 요원으로 신청을 했으나 그마저도 떨어졌다. 모든 일에 서툴렀고 산만했으며 내가 무엇이 되고자 했는지조차 종종 잊었다.

당신들의 표현을 빌자면 나의 청춘은 삼류에도 해당되지 않았다. 그렇지만 당신들은 명확한 꿈이 있다. 그리고 자신에게 무엇이 부족한지도 안다. 삼류 대학에 다닌다고 해서 당신의 인생이 삼류로 결정 나는 것이 아니니 혼란스러워하지 말고 자신의 꿈에 혼을 바쳐라. 공부와 일은 병행할 수 있고, 학력이 불만족스러우면 그것 또한 노력 여하에 따라 언제든 바꿀 수 있다. 관광업계의 큰 인물이 되고 싶고 최고의 패션 에디터가 되는 길…… 지금 당신은 이미 그 길에 있다. 단 한 가지, 그 꿈에 자신의 혼을 바치면 된다. 걱정할 것 없다. 그 혼은 악마에게 바치는 것이 아니라 미래의 자신에게 바치는 것이니 그 영혼 또한 얼마든지 회수 가능하다. 그러고는 자신의 꿈을 향해 질주를 하는 것이다. 이래도 저래도 남는 장사이니 이 얼마나 행복한가. 그래서 청춘은 아름답다.

당신을 살려라,
그리고 그들을 살려라

한 가지에 집중하기란 말처럼 쉽지가 않다. 어린 나이에 무언가에 집중하는 법을 깨달은 이들은 그만큼 성공도 빠르다. 그렇다고 그들이 특별한 능력을 타고난 것은 아니다. 단지 내가 장차 무엇이 되고 싶은지 알기에 현재 무엇에 집중해야 하는지를 아는 것뿐이다. 반면에 좀 늦된 이들은 이리저리 부딪히며 살아가게 마련이다. 자신의 꿈이 명확하지 않기에 그저 막연한 기대를 안고 막연하게 상상하며 약간은 느슨한 시간 속에서 살아간다.

대부분의 사람들이 무언가에 집중하는 데 어려움을 겪는다. 내가 그랬다. 때문에 나의 시작은 늘 늦었다. 나의 꿈이 막연하게 '박사'나 실현 불가능한 '암행어사'가 아니라, 본격 문학을 하는 작가라든지 아니면 검사라든지 군인이었다면 나는 보다 더 치밀하고 계획적으로 준비를 했을 것이다. 그러나 그러질 못했다. 사랑도 그렇다. 나는 사랑에 휘둘린다. 사랑이라는 것이 계획을 세워서 하기가 불가능하고 느닷없이 다가오는 속성을 지니고 있지만, 내가 뚜렷한 이상형을 가지고 있다거나 가정을 꾸리는 일에 대해 보다 사려 깊게 생각하는 여자였다면 그토록 사랑 앞에서 와르르 무너지지 않을 수도 있지 않았을까.

이제 와서 생각해 보면 사랑에 관한 한 나의 인생은 평탄한 것과는 거리가 멀었다. 그렇지만 후회도 없다. 나란 사람이 타고나기를 그렇게 태어난 걸 어떻게 하겠는가. 두 번의 결혼 실패 탓인지 나는 이혼을 한 사람을 보는 데 별다른 감흥을 느끼지 못한다. 다만 폭력이 섞여 있지 않았을 때만 그렇다. 남편의 폭력 탓이 아닌 성격 차이나 경제적 문제, 애정의 문제로 만나고 헤어지는 것은 지극히 자연스러운 것으로 받아들인다.

나는 수많은 사연을 직접 듣거나 편지로 접한다. 하지만 그 사연들 중에서 이혼에 대해서만큼은 그다지 심각한 문제로 받아들이지 않는다. 나는 이혼 그 자체보다는 이혼 이후의 인생에 관심이 많다. 한 사람이 홀로 거듭나는 과정과 자녀 문제에 특히 관심이 많다. 그리고 이혼 문제를 겪고 있는 사람들 대부분이 그런 고민을 안고 내게 편지를 보낸다.

"제 소개를 안 했군요. 사실 저는 4년 전 이혼의 아픔을 겪어야 했습니다. 경제적 독립을 뜻하기도 하지요. 안 해 본 일이 없었습니다. 보험 설계사, 부동산 중개, 식당 종업원, 미용사까지 닥치는 대로 했습니다. 하지만 그 일들은 내 마음을 잡아 주지 못했습니다. 어린 아이를 두고 온 것이 못내 가슴에 사무쳐 TV 드라마에서나 길에서 어린 아이만 보면 가슴이 아팠지요. 성공해서 다시 만날 날만 고대하지만 지금은 과연 내가 선생님처럼 성공할 수 있을지 반신반의합니다. 지금은 그 전에 다니던 직장에서 시간제 근무를 합니다."

"저는 올해 두 딸 아이를 둔 서른두 살의 주부입니다. 두 번째 아이가 태어난 그 해부터 남편 사업은 점점 쓰러져 갔습니다. 게다가 여자를 사귀게 된 남편은 저에게 한마디 없이 집을 뛰쳐나가 살림을 차렸습니다. 살아야겠다는 생각으로 아이들을 어린이집에 맡겨 놓고 일을 했는데 작은 아이는 밤마다 울고 아프고 어딘지 모르게 불안해하며 대소변도 잘 못 가리게 되고 해서 그만두었습니다. 참 막막합니다. 상고를 나온 내가 하는 일로는 아이들 양육비며 교육비, 생활비가 턱없이 모자랍니다. 집에서는 아이들을 떼어 주고 내 삶을 찾으라고 합니다. 하지만 아이들 없는 내 삶이란 상상도 해 보질 않았습니다."

집중해야 한다. 한 가지에 몰입해야 한다. 당신들은 이혼을 했다. 이혼에 대한 긍정적인 이미지를 찾기는 힘들다. 본인들의 말처럼 경제적 독립이라는 당면 과제 앞에 벌거벗은 채 놓여 있는 것이다. 그것을 해결해야 아이들과 살 수 있다. 결혼을 했고 아이를 낳아 보았기에 아이들이 당신들에게 어떤 의민지 안다. 나도 뜨거운 사랑

을 해 보았다. 그리고 헤어질 때 아들을 전남편에게 남겨 두고 왔다. 항상 아들 성욱이 내 주변을 서성거렸다. 그 아이를 데리고 왔어야 한다는 후회를 늘 했다. 하지만 성욱이란 아이는 내 아이만은 아니었다. 남편의 유일한 아들이기도 했고 시어머니가 살아가는 이유였다. 그렇지만 그 어떤 이유로도 어미로서 아이를 떼어 놓았다는 죄책감은 사그라지지 않았다.

나는 운이 좋았다. 16년의 세월이 지난 후 아이는 훌륭한 성인이 되어 내 앞에 나타났다. 녀석은 나와 성아와는 달리 남들이 최상이라고 설정해 놓는 '성공'을 바라지 않았다. 본인 자신이 행복한 삶이 성욱이 꿈꾸는 인생이었다. 나와는 생각이 다르기는 했지만 그럼에도 아들은 건강하고 성실한 청년으로 자라 있었다. 그렇지만 내가 모르는 시간을 살아온 점, 그리고 말은 안 하지만 얼마나 많은 원망을 했을까 하는 생각에 미치면 나는 그저 죄 많은 어미일 뿐이다.

맞다. 어떤 이유를 막론하고 아이들에게는 어머니가 있어야 하고 아버지가 있어야 한다. 그게 최상의 조합이다. 그렇지만 지난 일이다. 이미 같이 살 수 없는 남녀이다. 그렇기에 지금 집중해야 하는 것은 자기 자신이다. 막연하게 현실을 바라보지 말자. 무엇이든 경제적인 활동을 해야 한다는 말이 아니다. 그것은 당연한 것이고 그 일에서 최고가 되기 위해 노력해야 한다. 보험 설계사도 좋고 일반 사무원이어도 좋다. 시장에 나가 좌판을 열어 손님과 실랑이를 하면 어떤가. 스스로 만족할 수 있도록 그 일에 최선을 다하고 최고가 되도록 노력하라. 그런 이후 아이를 찾거나 아이에게 도움을 줄 수 있을 것이다.

"저는 부산 서면에서 과일 가게를 하며 장애 아들(정신지체 2급)을 혼자 키우며 사는 부자 가정의 가장입니다. 제 아들 성빈이는 세 살 때부터 경기를 자주 일으켰으나 지금은 완치가 되었습니다. 제 자신과 아들의 장래를 생각해서 술과 담배를(약 16년 전에) 끊었으며, 혼자서 공부해서 마흔여덟 때 네 번의 과락 끝에 대입 검정고시 전 과목을 합격했습니다. 비록 현실은 힘들고 어렵지만 의미 있고 보람된 아름다운 삶을 위해 스스로 노력하고 만들어 가고 있습니다."

성빈이 아빠에게 건투를 빈다. 글을 보면 글을 쓴 사람의 모습이 투영된다. 성빈이 아빠를 한번 그려 보자. 그는 분명 좋은 아빠이자 남자일 것이다. 혼란을 여러 차례 겪었지만 그는 언제나 중심을 잡고 있다. 모범이 되는 삶, 그것도 자식에게 모범이 되는 삶은 멀리 있지 않다. 바로 눈앞에 있는 것에 집중하는 것, 그 속에 답이 있다.

때론 자신만을
생각해야 한다

마흔을 넘은 사람 중 자기 자신만을 위해 사는 사람이 얼마나 될까? 아마 거의 없을 것이다. 그렇다면 하루 24시간 속에서 자기 자신만을 위해 단 몇 시간만이라도 투자하는 사람은 과연 몇 퍼센트나 될까? 이것도 대답하기 힘들다. 마흔을 넘긴 대다수의 사람들이 배우자, 자녀, 부모를 위해 살기 때문이다. 그렇다고 해서 주변 사람들이 이들의 희생을 알아주는가? 이 질문에도 대답하기가 무척 곤란하다. 그런 노고를 알아주는 사람이 있다면 그나마 다행이지만 그렇지 않다고 해서 그들이 그런 사실에 서운해 하거나 분노하지는 않는다. 자신을 알아주는 사람이 없어도 그들은 힘겨운 삶을 지탱하고 버틴다.

40세, 게다가 어떤 아이의 부모인 사람들은 자신을 위해 온전히 보내는 시간이 거의 없다. 이것은 무척 끔찍한 일이다. 하지만 그들은 그런 현실이 끔찍하다고 생각하지 않는다. 피붙이를 위해 일하며 고생하는 것을 당연하다고 여긴다. 그리고 이런 사람들이 있기에 이 사회가, 이 세상이 유지되는 것이다. 이런 걸 보면 사람이란 존재가 참 선하다는 생각이 든다.

그처럼 착한 사람들을 위해 나는 그들의 휴식처가 되고 싶고 용기가 되고 싶다. 대다수 나의 청중들, 나의 독자들이 그 연령대이기 때문이다. 그들은 이 세상에서 나를 가장 잘 이해하는 사람들이고 나 또한 그들을 가장 잘 이해하는 공인 중 한 사람이라고 생각한다. 때문에 그들의 삶을 보면 가슴이 아프다. 그리고 고맙다.

우리는 우리 자신을 믿지 않으면 안 된다. 때론 의심스럽고 잘못 사는 것 아닌가 반문하더라도 종국에는 지금의 우리를 믿고 가야 한다. 그리고 한편으로는 그 믿음에 무조건 취해 있어서도 안 된다. 정녕 무언가 잘못되었다는 생각이 들 때면 고요한 공간으로 찾아들어 진정한 나 자신을 만날 준비가 되어 있어야 한다.

삶이 너무나 고단하여 더 이상 아무런 생명력이 느껴지지 않는다면 잠시 멈추어야 한다. 내가 아닌 타인을 위해서 바치는 희생을 멈추어야 한다. 그때는 나를 위해 움직이고 나 자신의 행복을 생각해 보아야 한다.

이 연령대의 사람들이 보내는 편지들 가운데 나를 가장 가슴 아프게 하는 것은 지난 삶을 돌아보아도 아무런 가치를 느끼지 못한다고 할 때다.

그녀는 50대의 여성이다. 아동복을 파는 옷가게를 운영하며 집 안의 가장 노릇과 어미 노릇을 해 왔다. 그녀는 7남매의 장녀로 태어났다. 어린 시절부터 일제 강점기 시절 고문을 받아 병석에 누운 아버지를 간병하는 일을 했다. 학교는 초등학교만 간신히 졸업했다. 그리고 졸업하자마자 식모 생활을 시작으로 공장, 시장 등에서 일을 했다. 그리고 시장 점원 생활을 7년여 한 끝에 결혼을 했다. 그녀가 결혼한 이유는 남편 될 이가 부잣집의 둘째 아들이었기 때문이다. 30분 동안 선을 보고 결혼한 남편은 선천성 위장병이 있어 조금만 신경을 써도 소화 기관에 탈이 났다. 아픈 이들이 그렇듯 그녀의 남편은 신경질적이고 이기적이었다. 그리고 평생에 걸쳐 노동이라고는 모르고 살았다. 그녀는 20년에 걸쳐 남편의 약을 달여야 했다. 그동안 시간이 날 때마다 부처님께 남편이 완쾌되기를 무릎에 피가 나도록 빌었다.

지난 30년 동안 남편과 아들 넷을 그렇게 건사해 왔다. 그 와중에 봇짐장사를 시작으로 아동복 장사를 25년 동안 했다. 아이들이 성장하고 난 뒤에도 마찬가지였다. 새벽 4~5시에 일어나서 아침밥 준비하고 6시까지 가게에 출근하여 저녁 6시에 퇴근했다. 다만 현재 그녀는 퇴근 후 집에 들어가지 않고 학원으로 향한다. 7시부터 4시간 정도 수학능력시험을 준비하고 있는 것이다. 그 고생을 하면서 아이들 중 누구 하나라도 머리에 피가 터지도록 공부하는 아이가 생기길 바랐으나 그마저도 되지 않았다. 바로 그 순간 그녀는 자신을 위해서 공부를 하기 시작했다.

"8년 전 마흔여섯 살 때 하루에 겨우 네 시간 잠자며 아들 넷의 도시락 여섯 개를 쌌습니다. 그리고 한 달에 3~4번씩 밤차로 서울에 다니며 혼자 장사를 했습니다. 하지만 공부는 포기하지 않았습니다. 남들은 2년 만에 중·고등학교 검정고시를 합격하는데 저는 7년이나 걸렸습니다.

하루 종일 장사하고 저녁이 되면 잠이 와서 눈이 천근이나 되어 수업 시간에 저도 모르게 깜빡깜빡 졸고는 했습니다. 예습·복습을 할 수도 없습니다. 그래도 20~30세의 아들딸과 같은 학생들 틈 속에 끼어 19세 소녀처럼 철없이 웃고 같이 공부할 때면 내 나이가 몇 살인지 잊어버립니다.

인생은 60부터라는 생각을 가슴속에 심어 놓고 우리 아들 넷을 완전히 출가시키는 숙제가 끝나면 그때부터 내 공부만 생각하고 살 생각입니다."

그녀는 내게 '응무소주 이생기심(應無所住 而生其心, 어느 곳에도 마음을 멈추지 않게 하여 마음을 일으키라)'이란 말을 전했다. 또한 파도가 휘몰아쳐 배가 난파되기 직전에도 금강의 지혜로서 대처할 수 있는 대담한 용기를 발휘해 주어서 고맙다고 했다.

천만의 말씀! 내가 보기에 당신이 보살이고 당신이 희망이다. 나의 인생은 오로지 내 자신의 성공을 위해 뛰어 온 세월이었다. 희망의 증거가 되고 싶었기 때문이다. 그리고 스스로 보상의 시간을 충분히 가졌으며 사회적으로도 보상을 받은 인생이다.

그러나 당신의 인생은 무엇으로 보상을 받아야 하는가. 그 고됨

을 온전히 가족을 위해 바친 그대에게 무엇을 보상해 주어야 하는
가. 부디 목표한 대로 공부하시라. 이미 다 큰 아이들 걱정일랑 접
어 두고 본인만 바라보시라. 그토록 노력해 온 사람이라면 스스로
만족할 때까지 공부할 수 있을 것이라 나는 믿는다.

되고 싶은
'나'를 선포하라

강연을 할 때 나는 "Declare Your Dreams to the Universe!"라는 말을 자주 한다. 꿈은 혼자 간직해서는 안 된다. 특히 실현 가능성이 희박한 꿈일수록 남들 앞에서 선포식을 해야 한다. 이런 식으로 말이다.

"나 ○○○는 이 시간부로 □□가 되기로 맹세합니다."

그 말을 듣고 비웃는 사람들이 있다 하더라도 그 순간, 그 꿈은 당신의 진정한 목표가 된다. 그리고 비웃음이란 결코 잊을 수가 없는 법이다. 자존심상 그 꿈을 향해 달려갈 수밖에 없다.

한번은 젊은 친구들을 대상으로 한 강연회에서 이런 내용의 이야기를 했더니 강연회를 마친 후 내 앞에서 여섯 명이 선포를 했다.

"나 김준성은 재료학 박사가 될 것을 선포합니다."

"나 조순아는 국내 최고의 간호사가 될 것을 선포합니다."

"나 배순탁은 한국의 대통령이 될 것을 선포합니다."

주변에 몰려든 다른 친구들이 친구들의 선포식을 보면서 까르르 웃기도 했지만 그 친구들은 당당하게 외치고 돌아갔다. 그중 대통령이 되리라 선포한 친구는 자기의 꿈과 이름을 적고, 사진을 곁들인 명함 한 장을 내게 디밀었다.

마침 학장이 나를 역까지 자기 차로 배웅을 했다.

"학장님, 좋겠습니다. 이 학교에서 대통령이 나오겠어요."

"서 박사님, 그게 무슨 소리예요?"

나는 선포식에 대해 설명했다. 학장은 내 설명을 찬찬히 듣더니 입을 열었다.

"어, 그래요? 우리 학교에 그런 친구가 있었어요? 그러면 우리가 밀어 줘야죠! 박사님, 그 친구 사진 좀 보여 주세요. 내 두고 두고 지켜보아야겠습니다."

그 후에도 여섯 명의 남자 대학생들과 한 명의 여대생이 내 앞에서 대통령이 되겠다는 꿈을 선포했다. 여덟 명의 미래의 대통령들! 이 정도의 인맥이라면 나의 미래는 탄탄대로라는 생각에 저절로 흐뭇해졌다.

'낙타가 바늘구멍으로 들어가기'란 말이 있다. 혹은 '개천에서 용 난다'란 말도 있다. 실제로 그런 사람들을 우리는 어렵지 않게 볼 수 있다. 그들은 나보다 앞서서 희망의 증거들이 되었고 인류의 번영에 지대한 역할을 했다. 그러나 가난한 자가 성공하기가 점점 어려

희망은 직접 다가서서
밀어야 열리는 문이다

워지고 있다. 단적인 예로 서울대 재학생의 반 이상이 한 지역의 출신들로 편중되어 있다는 말에 난 적지 않은 충격을 받은 적이 있다. 사회가 정상적으로 가동이 되려면 낙타가 바늘구멍에 들어가야 하고 개천에서 용이 나야 한다. 그래야 사람들이 희망을 가질 수 있다.

이런 사회적 상황이라고 해서 개인들도 넋을 놓고 있어서는 안된다. '뭐, 내가 그렇게 될 수 있겠어?'라는 물음은 저 멀리 밀어내고 선포를 하라. 내가 되고 싶은 것, 살고 싶은 인생을 당당하게 말하고 이루도록 노력해야 한다.

내가 아는 스물다섯 살의 여성이 있다. 그녀는 요즘은 흔하지 않은 대가족 집안에서 자랐다. 2남 4녀 중 막내다. 그녀의 부모는 마치 옛날 사람들처럼 첫째들에게만 신경을 썼다. 오로지 맏이에게만 투자를 한 것이다. 그러나 실패했다. 맏딸은 자기보다 못한 학벌에 몸이 불편한 사람에게 시집을 가서 고생을 하고 있고, 맏아들은 사법고시에 수차례 실패한 후 산에 들어가서 나오지 않았다.

"자식 키우고 공부시켜도 다 소용없어!"

그녀의 부모들은 신세 한탄을 하며 늘 그 말을 입에 달고 살았다. 그리고 나머지 자녀들을 논밭으로 몰았다. 그녀 역시 시험 기간에도 집안일을 도와야 했다. 그러나 그녀는 공부를 포기하지 않았다. 항상 상위권이었다. 그리고 선생님의 만류에도 상고를 택했다.

"집도 싫고 집안일 하는 것도 너무 싫어서 하루 빨리 취업해서 돈을 벌고 싶었어요. 물론 고등학교 때에도 전교 1~2등만 했어요. 그러면서 혼자만의 목표를 설정했답니다. 국내 대학을 못 갈 바에는 내 힘으로 돈 벌어서 5년 후에 유학을 가자!"

그녀는 혼자서 선포식을 열었다. 졸업 후 취업을 했고, 어느덧 25세가 되었다. 아직 유학길에 오르지는 못했지만 포기하지 않고 있었다. 나에게 자신의 삶을 이야기하고 조언을 부탁했다.

그녀의 인생은 내 인생과 닮았다. 그러나 40년이란 세월이 흘렀음에도 나와 비슷한 상황에 놓인 젊음이 있다는 사실이 씁쓸하기만 하다. 어렵다. 그녀의 꿈과 현실의 간극이 끝을 알 수 없는 수렁처럼 깊다.

일단 정확한 목표를 설정해야 한다. 무작정 유학을 가겠다는 것보다 어느 나라에서 어떤 학문을 공부할 것인지 결정해야 한다. 막연해서는 안 된다.

누차 말하지만 나의 20대는 혼돈 그 자체였다. 어렵게 이민과 진학에는 성공했으나 정확히 무엇을 해야겠다는 목표를 설정하는 것에는 실패했다. 남들보다 늦은 출발선에서 만회할 수 있는 방법은 우선 확실한 목표를 설정하는 것이다. 그리고 지금까지 해 왔듯 일과 공부를 병행하는 방법이 유일하다 하겠다.

건투를 빈다. 힘이 들 때마다 앞서서 그 상황을 돌파해 왔던 선배들을 보며 포기하지 말라. 당신이 이 서진규보다 못할 것이 무엇이겠는가. 내가 지켜보겠다. 그리고 잊지 말라. 우리보다 못한 상황에서도 꿈을 이룬 사람이 부지기수라는 사실을. 누구나 자신의 인생이 가장 고달프다. 꼭 자신을 이긴 사람이 되어서 만날 것을 기대한다.

사람다워야 한다

2009년 가을, 나는 한 편의 다큐멘터리를 보고 깊은 감동을 받았다. 다큐멘터리라는 장르는 '사실'을 포착하고 있는 그대로를 보여 준다. 그리고 다큐멘터리가 포착한 것이 동물이든 사람이든 현상이든 그 대상에 대한 깊은 고찰이 바탕에 깔려 있다. 그날 나는 그 다큐멘터리를 보면서 진한 사람 냄새를 맡았다.

그날 내가 본 다큐멘터리의 주인공은 전제용 선장이었다. 그리고 베트남 사람인 피터 누엔 씨였다.

1985년 11월, 그날은 전제용 선장과 23명의 선원이 탄 참치 잡이 어선 광명 87호가 인도양에서 조업을 마치고 한국으로 귀환하는 길이었다. 말라카 해협을 지날 무렵 전 선장의 망원경에 한 척의 배가 잠혔다. 그 작은 배는 곧 침몰할 것처럼 위태로운 모습으로 파도에 휩쓸리고 있었다. 전 선장은 그 배에 베트남 난민들, 즉 보트피플이 타고 있다는 사실을 직감했다. 당시 보트피플은 국제적으로 큰 문제였다. 나라를 버리고 탈출한 그들을 감싸 안는 것이 인도적인 차원에서 당연한 일이었으나 냉전이 극에 달했던 그 시절, 한국 정부는 원양 어선이나 상선의 승무원들에게 보트피플을 만날 경우 무시하라는 지시를 내린 상태였다. 하지만 전 선장은 그들을 외면할 수 없었다. 그렇다고 선원의 생사를 책임지는 선장으로서 그들의 안위도 외면할 수 없었다.

전제용 선장은 선원들을 불러 모았다. 선원들은 회의적이었다. 보트피플을 구하고 난 뒤에 발생할 불이익이 두려웠던 것이다. 하지만 전제용 선장은 선원들을 끈질기게 설득했다.

"저 보트에 타고 있는 이들이 여러분의 부모이고 형제라면 어떻게 하겠는가?"

베트남 난민들은 그야말로 죽음을 목전에 두고 있었다. 배의 엔진은 고장이 난 상태였다. 며칠째 구조를 기다렸지만 바다에서 만난 20여 척의 배들은 그들을 그냥 지나쳤다. 그 희망고문 속에서 그들은 지쳐 갔고 어느새 모두 죽음만을 기다리는 상태에 다다랐다. 마침 그때 한 척의 배가 자신들을 향해 다가오고 있었다. '정말 다가오는 것인가?' 그들은 놓았던 희망을 부여잡고 점점 가까워지는 배에서 시선을 떼지 못했다. 당시 난민들의 리더였던 월남군 통역 장교 출신 웅누엔 씨의 눈에 선명한 한국어 글씨가 들어왔다.

'광명 87호'였다.

어렵게 선원들을 설득한 전 선장은 조심스럽게 그 작은 목선에 다가갔다. 그리고 적이 놀랐다. 망원경으로 확인했을 때는 10여 명에 불과해 보였던 보트피플이 무려 96명이나 되었던 것이다. 보트는 온갖 배설물로 가득 차 있었고, 또한 그만큼이나 죽음의 공포가 퍼져 있었다.

광명 87호 사람들은 한 사람씩 난민들을 끌어올렸다. 갑판은 이내 120명이나 되는 사람으로 가득 찼다. 앞으로 10여 일을 더 항해해야 목적지인 부산항에 닿을 수 있었기에 당장 먹을거리와 잠자리가 문제였다.

당시 상황을 기억하는 한 난민은 이렇게 회상했다.

"당시 저는 열여덟 살이었습니다. 표류 중인 보트에서 벗어날 수 있었지만, 우리는 여전히 겁에 질려 있었습니다. 먹을거리가 떨어지면 한국인 선원들이 우리를 바다에 던져 버릴지도 몰랐으니까요. 하지만 선원들은 사과 한 쪽도 우리와 똑같이 나누어 먹었습니다. 우리를 안심시키려는 그 마음을 느낄 수 있었고, 그제야 우리는 마음을 놓았습니다."

당시 전제용 선장과 선원들이 봉착한 문제는 단순하지 않았다. 원체 고된 일에 익숙했던 그들에게 잠자리와 먹을거리를 나누어 주는 것은 그리 어려운 일이 아니었을 것이다. 더 큰 문제는 보트피플을 구조했다는 소식을 본사에 전하자, 본사에서는 난민들을 무인도에 내려놓으라고 지시했던 것이다. 하지만 전 선장은 그럴 수 없었다. 그는 평소 자신의 믿음에 따랐다.

'사람이 사람의 목숨을 구하는데 누구의 허락을 받아야 한다는 말인가.'

10여 일 동안 120명이 어선에서 생사고락을 하며 마침내 부산 항으로 들어섰다. 항구에서는 경찰과 안기부(현 국가정보원) 직원들이 그들을 기다리고 있었다. 난민들은 임시로 마련한 난민 수용소로 옮겨지고, 전제용 선장과 선원들은 안기부로 끌려가 고초를 당해야 했다. 결국 전 선장과 선원들은 전원 해고되었다. 난민들과도 다시는 만날 수가 없었다. 그토록 아름다웠던 한 편의 논픽션 휴머니즘 영화는 그렇게 끝나는 듯했다.

당시 난민의 대표 격이었던 웅누엔 씨는 후에 미국으로 건너갔다. 그리고 피터 누엔이라는 새로운 이름을 얻었다. 그는 세 가지 목표를 자신의 신조로 삼았다. 첫째, 베트남의 남은 가족을 미국으로 데려오는 것, 둘째, 자신의 생명을 구해 준 전 선장처럼 남을 돕고 살아가는 것, 세 번째는 반드시 전제용 선장을 찾아내서 감사를 전하는 것이었다.

그는 미국에서 간호사가 됨으로써 영주권을 얻었고 가족을 미국으로 데려올 수 있었다. 그리고 남을 돕는 삶을 살며 두 번째 목표를 이룰 수 있었다. 그는 성실한 미국 시민으로 살았다. 그리고 월요일마다 마을 노인들에게 도시락을 배달하는 자원 봉사를 따로 했다. 그렇게 바쁘게 살아가는 동안에도 피터 누엔 씨는 단 한시도 전제용 선장을 잊지 않았다. 한국인을 만나면 혹시나 하는 마음에 '전제용 선장을 아느냐'고 물었다. 하지만 그 일을 기억하는 한국인은 아무도 없었다. 하지만 피터 누엔 씨는 끝끝내 포기하지 않았다.

17년이 지났다. 피터 누엔 씨는 전제용 선장의 행방을 알아냈다. 그리고 2년 뒤 그는 전제용 선장 부부를 미국으로 초청했다. 헤어진 지 19년 만인 2004년에 LA 공항에서 상봉한 것이다. 이 일은 한인 사회와 베트남 사회에 큰 뉴스가 되었다. 당시 LA의 한인 사회와 베트남 사회는 상권을 두고 자주 갈등을 겪었다. 하지만 전제용 선장과 피터 누엔의 등장으로 두 사회는 화해를 했으며 백인들마저 이들의 화해 무드에 동참했다.

뒤늦게 이 사실을 안 대한민국 국회는 전제용 선장에게 '올해의 인권상'을 수상하고, 전제용 선장은 유엔의 노벨상이라고 불리는 '유엔 난센상' 후보에도 올랐다. 2007년, 피터 누엔 씨는 전제용 선장에 대한 감사의 표시로 베트남에서 전제용 선장의 자서전을 출간했다. 그리고 지금까지도 두 사람은 우정을 이어가고 있다고 한다.

이 감동적인 실화에는 두 명의 리더가 등장한다. 전제용 선장과 피터 누엔. 이들은 사람의 생명을 가장 소중히 여기는 리더였다. 96명의 생명을 이끌고 모험을 강행한 피터 누엔은 어떤 상황에서도 포기하지 않았으며 또한 은혜를 잊지 않았다. 망망대해에서 구출된 당시 피터 누엔 씨가 식량에 대한 걱정을 털어놓자 전제용 선장은 위스키를 따라 주며 선창에 잡은 참치가 많으니 걱정 말라고 했다고 한다. 어떤 상황에서도 상대방을 안심시키려는 전제용 선장의 인간미와, 전 선장에 대한 고마운 마음을 걱정으로 대신 표현했던 피터 누엔 씨 모두 훌륭한 리더였다. 그런 사람들이기에 그들을 따랐던 이들은 한시도 안심할 수 없는 바다 위에서 우정을 쌓고 서로의 생명을 지켜 줄 수 있었다. 그리고 무엇보다 희망을, 서로에게 희망을 줄 수 있었다.

우리는 전제용 선장과 선원들의 결단을 결코 잊어서는 안 된다. 그들은 본능적으로 자신들의 안위가 흔들릴 거라는 것을 알고 있었을 것이다. 1985년의 대한민국 정부는 결국 그들을 벼랑 끝으로 몰고 갔다. 하지만 그들은 자신을 희생함으로써 96명의 생명을 구했다. 그리고 19년 후 그들은 주름진 얼굴로 다시 만났다. 과연 그들이 후회를 했을까? 아마도…… 했을 것이다. 그날 이후 사회적으로 모든 것이 차단되었기 때문이다. 그렇지만 96명의 목숨을 살린 것에 대한 후회는 없었을 것이다. 그것이 인간이다. 인간은 희생을 하면서 기쁨을 얻는다. 그리고 그것은 희망으로 이어진다.

피터 누엔은 그것을 삶의 목표로 세웠다. 그리고 20여 년 동안 은인을 찾아 헤맸다. 그는 미국 사회에 뿌리내림으로써 그들의 희생이 헛되지 않았음을 보여 주었다. 그리고 19년 만에 은인을 얼싸안음으로써 인간이란 얼마나 아름다운 존재인가를 보여 주었다. 리더는 냉철해야 하고 늘 공부하는 인간이어야 한다. 그렇지만 인간미가 기본적으로 깔린 사람이어야 한다. 사람은 사람을 따른다. 인간이 금수를 따를 수는 없는 노릇이다.

안주하지 말라

작은 성공을 하나씩 이루어 나가는 것이 얼마나 중요한지에 대해 이야기한 적이 있다. 그리고 그것을 이루어 가는 과정의 중요성에 대해서도 이야기했다. 그 이야기를 한 것은 작은 성공을 한 사람만이 큰 성취를 이룰 수 있다는 뜻에서 한 말이지만, 결코 작은 성공에 안주하지 말란 의도로 한 것이기도 하다. 나 역시 작은 성취에 만족해 실수를 한 적이 적지 않았다. 인생이란 때때로 잔혹하다. 작은 성취로 기분이 달뜨고 행복에 도취되어 있을 때 그 만족감을 마구 흔들어 대는 것이 또한 인생이다.

특히 어떤 조직의 리더가 되었을 때 이는 더욱 명심해야 할 일이다. 리더가 되었다는 것은 당연히 당신의 능력이 뛰어나고 또 조직의 인정을 받았기에 가능했던 일이다. 하지만 리더가 되기까지의 과정과 리더가 되고 난 뒤에 해야 할 일은 별개다. 리더가 된 것은 그 이전까지의 공적에 의한 것이다. 리더로서의 역할은 이제 시작인 것이다. 그런데 종종 사람들은 이것을 까먹는다. 리더가 되었기에 앞으로 저절로 리더로서 살아갈 수 있다고 믿는 것이다.

내가 대위였을 때다. 당시 나의 부서는 컴퓨터로 각종 데이터를 분석하고 정리하는 일을 하고 있었다. 부서장은 소령이었고 나는 그 밑이었다. 실무는 원사 이하의 부하들 몫이었다. 한번은 원사 중 한 사람이 나를 찾아왔다. 다른 하사관들을 대동한 채였다.

"대위님, 저희 말 좀 들어 보십시오."

그들의 말인즉 자신들의 잘못이 아닌데 소령이 무조건 자신들이 잘못했다고 책임을 물었다는 것이다. 내용인즉 이랬다. 부서장 회의에서 다른 부서에서 우리 부서가 잘못한 일이 있다고 지적한 것이다. 지적은 늘 있는 것이고 리더는 그 물음에 확실한 답을 할 수 있어야 한다. 그 말은 그 누구보다 부서의 일을 꿰뚫고 있어야 한다는 뜻이다. 그러나 우리 부서장은 내용도 파악하지 않은 채 그 자리에서 물러나와 부하들에게 화를 낸 것이다. 나는 부하들을 다독여 보냈다. 그러나 그런 일은 부서장 회의 때마다 반복해서 일어났다. 나는 문제가 된 부분을 유심히 살펴보았다. 그 전과 마찬가지로 우리 부서의 잘못이 아니었다.

"저 좀 보시죠."

나는 소령을 찾아갔다. 그리고 아무도 없다는 것을 확인하고 문

을 닫았다.

"요즘 계속 문제가 되는 사항을 살펴보니 우리 부서의 잘못이 아니었습니다. 그런데 자꾸 대원들에게 화를 내면 어떻게 합니까? 입장을 바꿔서 소령님의 잘못이 아닌데 중령님이나 대령님이 와서 무작정 화를 내고 가면 소령님은 어떻게 하시겠습니까?"

나는 그가 그 일을 확실히 알아봤는지, 그리고 우선 나를 찾아왔어야 하는 것 아닌지에 대해서도 물었다.

"소령님은 우리 리더입니다. 그런데 자초지종을 확실히 알아보지도 않고 지적을 받았다는 이유로 부하들을 흔들어 대면 조직은 어떻게 되겠습니까?"

우리나라에서 군 생활을 한 분들은 이런 상황이 잘 이해되지 않을 것이다. 대위가 소령에게 이렇게 따지다니 말이다. 하지만 미군에서는 부하가 상관에게 잘못된 것을 고칠 것을 건의하거나 질문을 하는 것은 항명과는 별개의 문제로 여긴다. 예의와 도리를 갖추어 부하가 묻는 것에 대해서 상관이라면 명확하게 대답해 주어야 할 의무가 있다. 소령은 사과했다.

"쏘리, 내가 성격이 급해서 그런 것이니 이해하게. 그런데 왜 부하들은 그런 문제를 자네에게는 이야기하면서 내게는 말하지 않지? 그러고 보면 그 어떤 일도 나와 상의하려고 하지 않더군."

"나는 문제가 있으면 무조건 당사자를 혼내는 것이 아니라 우선 자초지종을 알아보고 그에 대해 묻고 대화를 합니다. 그런 과정을 거쳐 명확히 잘잘못을 따지지요. 그리고 잘못이 없을 경우에는 그런 문제 제기를 한 쪽에 가서 싸웁니다. 그게 상관인 저의 역할 아 닙니까."

어찌됐든 사건은 그렇게 일단락이 되는 듯했다. 하지만 나는 의 구심을 떨칠 수 없었다. 애초에 문제 제기를 한 쪽도 받은 쪽도 그 리고 나도 그런 문제가 야기될 것이란 것을 전혀 예측하지 못했다 는 것이 가장 큰 문제였다. 일을 정확히 알면 그런 일이 발생할 리 없었고 혹여 잠시 혼동이 와도 빠른 시간 내에 정상화시킬 수 있 었다. 장교들이 대부분 실무진에게 일을 맡기고 일을 건성건성 아 는 것이 문제였다. 그것을 깨닫고 실무에 대해 관심을 갖고 연구를 했다. 관련 서적을 모두 집으로 싣고 가서 전체적인 사항과 우리 부 서와 관련된 사항을 나누어 체크를 해 나갔다. 수차례에 걸쳐 처음 부터 다시 검토하고 또 했다.

그 결과, 부하들의 어떤 설명을 들어도 막힘없이 알아들을 수 있 었을 뿐만 아니라 그 말의 진의까지 파악할 수 있게 되었다. 실무에 서 사고는 피할 수 없다. 항상 일어나는 일이다. 중요한 것은 수습 에 있다. 누구에게 책임이 있는지 판별하고 수습을 위해 어떻게 할 것인지 리더는 확실히 파악할 수 있어야 한다.

내가 실무에 대해서 깊이 연구한 이후로 부하들은 내 앞에서 실 무 용어를 섞으면서 대충 얼버무리려는 버릇이 사라졌다. 특히 실 무진 중의 대장격인 원사가 그랬다. 공부를 한 결과 나는 그가 그동 안 나에게 상당한 거짓말을 해 왔다는 것을 알 수 있었다. 무조건 화를 내는 소령과 상관을 속이려는 부하 사이에서 내가 똑바로 처신을 하지 못하고 있었던 것이다. 군대에 나보다 더 오래 있었던 원사는 내게 일어난 변화를 가장 빨리 알아차렸다.

실무진이 변했다. 내가 우리 일에 열정을 쏟자 그들도 좀 더 폭넓게 연구를 하기 시작했다. 당연히 부서의 실력이 일취월장하기 시작했다. 더 이상 다른 부서에서 잔소리를 하는 일도 없었다. 실수가 줄고 사고가 없어졌기 때문이다.

수박 겉핥기 식으로 알았던 실무에 대해 보다 명확히 알게 되자 전 사단의 실무가 보이기 시작했다. 한국의 군대도 하사관들의 역할이 상당히 중요한 것으로 안다. 그것은 미군도 마찬가지다. 일선 부대 실무의 실질적 리더는 준위라 해도 과언이 아니다. 한번은 원스타 밑으로 부서장 회의가 있었다. 계급은 일반 장교들이 높지만 전문가는 준위였다. 부서 간의 명확하지 않은 일은 모두 준위가 판단을 했다. 그날도 실수를 했던 것에 대해 잘잘못을 따지는 시간이 왔고 준위가 장군 앞에서 누가 잘못했음을 지적했다. 우리 부서도 지적을 받았다. 소령은 그저 내 얼굴만 쳐다보았다. 나는 내심 그렇게 되기만을 기다리고 있었다. 규정집에 의하면 준위의 말은 날조 그 자체였기 때문이다. 나는 규정집을 꺼냈다.

"준위, 죄송하지만 규정집을 보자면 그것은 우리 잘못이 아닌데요?"

"뭐요? 그럴 리가요! 이런 일을 한두 번 겪은 줄 아시오?"

"여기 규정집 3조 9항을 보면 준위 당신의 말과는 전혀 다르게 적혀 있습니다."

나는 부서장 앞에서 규정집을 펼쳐 보이며 말했다. 그 규정집의 글을 읽은 준위의 얼굴은 붉게 달아올랐다.

"내가 잘못 알고 있었네요. 인정합니다."

통상적으로 부서 안에서는 규정집이 필요 없다. 매일 부대끼며 살아가는 동료들끼리는 서로 합의하에 일을 진행하면 되기 때문이다. 그러나 부서 간의 일이 되면 좀 더 명확해져야 한다. 그런 자리에 곧잘 '통상' 혹은 '관례적으로'라는 말이 흘러나온다. 물론 그 말도 중요하다. 하지만 그 뭉뚱그리는 말 속에 피해자가 발생하게 되어 있다.

리더란 연구하고 부딪힐 준비가 되어 있어야 한다. 무지한 리더 밑에는 안일하게 일하는 부하가 생길 수밖에 없다. 리더라면 자기 조직에서 일어나는 일을 꿰뚫고 있어야 한다. 그리고 부하 직원을 동등하게 대해야 한다. 그래야 더욱 성장할 수 있다. 자신과 조직을 같이 성장시키는 리더만이 계속 오를 자격이 있다.

일을 할 수 있게
하는 게 리더다

　　　　　　리더란 궁극적으로 그룹에 속해 있는 구성원들을 도와 그들이 최상의 컨디션으로 최고의 능력을 발휘할 수 있게끔 하는 사람이다. 회사의 이익을 구성원이 창출해 내기 때문이다. 따라서 구성원들이 제대로 일을 할 수 있는 환경이 조성되어야 한다.

　　그러나 그렇지 못한 경우가 많다. 한 사람의 능력을 지나치게 한정짓는 경우가 많기 때문이다. 2002년이 되어서야 히딩크 감독에 의해 우리 사회 전반에 걸쳐 멀티 플레이어라는 말이 회자되었을 정도다. 조직 내에서 한 사람의 능력을 한정짓지 않고 다양하게 능력을 발휘할 수 있게끔 하는 것이 그제야 자리 잡기 시작했다.

　　물론 사람들은 제각기 타고난 능력이 있다. 그것을 특화시키는 것도 한 방법이다. 하지만 시간이 지나고 사람도 변한다. 또한 회사라는 것도 성격이 변한다. 그 변화에 발맞추어 가려면 사람은 변할 줄 알아야 하고 스스로 능력을 개발할 줄 알아야 한다. 조직이 변한 다음에 개인에게 변할 것을 요구하는 것은 이미 뒤늦은 방법이다.

적지 않은 사회인들 특히 직장인들이 내게 고충을 털어놓는다. 그들을 괴롭히는 가장 큰 고충은 자기계발을 할 시간이 없을 정도로 일에 시달리고 있는데 이른바 '혁신'이란 말이 유행하면서 개개인에게 창조력을 발휘하라고 강요한다는 것이다. 난 그들에게 할 말이 없다. 회사를 그만두라고 할 수도 없고, 그렇다고 격무에 시달리는 그들에게 왜 자기계발을 하지 않느냐고, 왜 이렇게 게으르냐고 다그칠 수도 없다. 다만 정말 힘든 시간이지만 다음 단계로 넘어가기 위해서는 포기하면 안 된다는 말밖에 할 수가 없다.

내가 오히려 말하고 싶은 상대는 리더다. 리더 그룹에 묶여 있는 경영자들이다. 그들은 유능한 인재를 뽑는다고 해 놓고서는 말도 안 되는 장애물을 만들어 놓는다. 그리고 정작 인재를 뽑아 놓고는 제대로 쓸 줄을 모른다. 그것이 내가 한국 사회에 다시 들어와서 제일 먼저 느낀 점이었다.

1999년, S사로부터 강연 의뢰가 들어왔다. 그들은 그때까지 내가 받아 보지 못한 강연료를 제시했고 나는 흔쾌히 응했다. 청중은 임원을 포함한 모두였다. 무슨 무슨 부회장부터 사장, 전무, 상무 등 대단한 직함을 가진 사람들이 모두 나와 있었다. 나는 우선 차별에 대해 이야기했다.

"지역 전문가로 일본에 가려 했으나 당시 미군 지도부에서는 내가 한때 일본의 식민지였던 한국 출신이며 그것도 여자이기에 안 된다고 통보했습니다. 나는 그들에게 내가 단순히 한국인, 한국 출신이 아니라 미군의 장교이기에 문제가 되지 않는다고 주장했습니다. 또한 여자라서 안 된다는 것은 더욱 이해할 수 없다고 항의했습니다. 물론 동북아의 국가 중 유교의 영향을 받지 않은 국가는 없습니다. 그러나 20세기에 남성과 여성이라니요. 나는 '내 미군 장교의 직함에는 어디에도 남자나 여자라는 성별이 붙어 있지 않습니다'라고 주장했습니다. 그리고 일본으로 건너가 멋지게 지역 전문가로 활동할 수 있었습니다. 어느 남성 동료보다도 성공적이었다고 자부합니다. 우리 사회도 마찬가지입니다. 남자와 여자의 차별을 비롯한 수많은 차별이 아직도 존재하고 있습니다. 이곳 우리나라의 넘버원 기업이라는 S사도 마찬가지라는 이야기를 들었습니다."

"잠깐만요. 서 선생님, 질문 있습니다."

그때 내 말을 자르고 들어오는 사람이 있었다. 나이 지긋한 중역이었다.

"선생님, 자꾸 차별, 차별하는데 도대체 어떤 차별을 얘기하는 거요? 우리 회사는 그런 회사 아닙니다."

"얼마 전 신입 사원과 경력 사원을 뽑는다는 광고를 본 적이 있습니다. 학벌, 경력 여러 가지 조건이 구체적으로 명시되어 있던데요? 특히 신입 사원의 경우 서른 살 이하여야 한다는 문구에서 가슴이 아팠습니다. 사람을 뽑는 목표가 도대체 뭡니까? 사람을 뽑아서 잘 키우고 일 잘 시켜 가지고 이 회사가 크게 성공하자는 얘기 아닙니까? 그런데 서른 살까지 딱 못을 박아 놓고 나면 서른한 살임에도 정말 의욕과 체력이 넘치고 똑똑한 친구가 있다면 어떻게 되는 겁니까? 그 사람이 경쟁사에 들어가 일을 끝내주게 하는 것이 드러나면 후회밖에 남는 것이 없습니다. 회사로서는 엄청난 손실이지요. 그리고 대학 졸업자가 고졸자보다 일을 잘한다는 것은 무엇으로 증명할 수 있습니까? 통계로 뽑은 것이라도 있는지요? 전 그런 데이터를 본 적이 없습니다. 그리고 힘으로 하는 일 빼고 여자가 할 일과 남자가 할 일을 구분 짓는 것도 문제가 있습니다. 조금만 기다려 보십시오. 우리나라 사회에서도 여자 비행기 조종사가 나올 것이고 장군도 나올 것입니다. 전 그렇게 믿습니다.

회사가 잘 되려면 우선 그런 차별부터 없애야 합니다. 이 회사의 앞날은 무궁무진합니다. 우리나라의 인재란 인재는 다 뽑으니 말입니다. 그들이 몇 십 년 이곳에서 일할 수 있는 여건을 회사 차원에서 만들고는 있는지요? 조금만 더 투자합시다. 이 사람이 어떤 성격이니 어떤 일을 할 수 있고 또 다른 어떤 일을 부수적으로 할 수 있는지, 그의 취미가 무엇이고 어떤 일에 행복을 느끼는지 그것을 데이터로 만들어 보세요. 그리고 회사에서 필요로 하는 자리에 맞게 지원자의 능력을 측정할 수 있는 진정한 시험을 치르도록 하십시오. 그 테스트를 통과하면 이 기업에 도움이 되겠다 싶은 실질적인 테스트가 필요한 겁니다. 학벌로, 성별로, 나이로 판단하는 것은 말이 안 됩니다."

　정말 신기했던 것은 그 후 얼마 지나지 않아 그 회사의 취업 공
고문에서 학력과 나이에 관한 한 제한이 없어졌다는 것이다. 물론
한순간에 모든 것이 바뀔 리 없다. 지금도 그 차별들은 분명 존재하
고 있다.

　남들이 바라보는 관점, 남들에게 잘 보이기 위한 것, 이런 것은
잊자. 왜 그들이 필요했는지 그 처음의 심정으로 돌아가야 한다. 그
래야 차별을 없앨 수 있고 진정 그들의 능력을 키워 궁극적인 목표
에 도달할 수 있다. 내가 겪은 직장 생활이란 무생물의 느낌이 아니
었다. 엄연히 사람들이 모여 형성된 살아 있는 생명체였다.

행복의 기준은
60억 가지다

인생에서 가장 중요한 것은 행복
이다. 불행하기 위해 사는 사람은 없다. 사람이 노력을 하는 이유는
그 노력을 통해 행복을 얻기 위해서다. 행복의 기준은 사람들마다
다 다르다. 어떤 사람은 사회적으로 성공함으로써 행복을 느끼고
어떤 이는 사회의 관점보다는 내 스스로 느끼는 관점에서 행복을
느끼거나 불행을 느낀다.

군에서 소대장으로 일할 때였다. 내 부하 중에 탱크롤리나 트레
일러 같은 대형 트럭을 아주 잘 관리하고 다루던 백인 상병이 있었
다. 성격도 무난하고 무엇보다 그가 일하는 모습을 보면 열의가 있
고 즐거워 보였다. 한마디로 그가 있음으로 해서 소대 전체 분위기
가 좋았던 것이다. 나는 상관으로서 또한 동료로서 그에게 보상을

해 주고 싶었다. 그래서 그를 병장으로 진급시킬 요량으로 그에게 나의 뜻을 전했다.

"죄송한데 거절하겠습니다."

나는 내 귀를 의심했다. 차분히 사양하는 정도가 아니었다. 그는 단호하게 거절을 했다.

"왜지?"

나는 이해할 수가 없었다. 나는 늘 진급을 원했기 때문이다. 군대라는 조직에서 일을 잘하고 남에게 인정받는다는 사실을 증명하는 것은 진급이었다. 그렇게 생각했던 나는 그의 의중을 도무지 이해할 수 없었다. 그 부하의 설명은 이랬다.

"저는 지금 하는 일이 무척 행복합니다. 정말 적성에 맞고 즐기고 있습니다. 그러나 병장이 되면 그룹의 리더가 되어야 합니다. 분대를 통솔하고 관리해야 합니다. 사람은 기계와 같지 않습니다. 기계는 내 뜻이 그대로 투영되지만 사람은 그렇지 않죠. 다 제각각 판단 기준이 다릅니다. 그런 대원들을 한 마음으로 묶는 과정에서 저는 아마 지칠 겁니다."

충격이었다. 그리고 신선했다. 신분의 상승, 이것을 마다하는 사람이 존재한다는 것이 신기했고 그럼에도 그가 행복해 한다는 것이 놀라웠다.

4살에 헤어진 뒤 16년 만에 만난 아들 성욱이도 그랬다. 아들 성욱을 다시 만났을 때 나는 반가움, 미안함, 가여움, 대견함, 고마움 등의 감정이 얽히고설켜 복잡했다. 그 아이에게 무엇을 해 주어야

하는지 어미라는 사람이 갈피를 잡지 못했다. 그 혼돈을 정리한 것
은 내가 아니라 아이들이었다. 성욱이는 나에게 먼저 말을 걸었고
자기라는 사람을 보여 주는 데 감춤이 없었다. 현재 무엇을 하고 있
는지 묻는 것도 그랬다.

"엄마는 유명한 사람인데 미안해요. 저는 대학도 그만두었어요."

"왜? 다른 대학에 가려고 그러니?"

"아뇨, 저는 요리사가 되려고 노력 중이에요. 엄마 드시고 싶은
것 있으면 얘기해요. 제가 만들어 드릴게요."

'남자가 무슨 요리사! 그리고 이왕 들어간 거 대학은 나와야지!'
라는 말이 입 밖으로 나올 뻔했다. 나도 어쩔 수 없는 한국의 엄마
였다. 자식을 바라보며 느끼는 배움에 대한 갈증, 출세에 대한 욕심
은 다른 어머니들과 조금도 다르지 않았다. 그런 내 자신을 보며 피
식 웃음이 나왔다. 솔직히 나는 성욱이의 모습에 조금 실망을 했던
것도 사실이다. 성아와는 딴판이었기 때문이다. 그리고 다시 자괴
감이 들었다. 내 곁에 두었으면 혹 요리사가 아닌 다른 길을 택했을
수도 있었겠다는 생각이 들었기 때문이다. 아이는 그런 내 생각을
읽었는지 다시 입을 열었다.

"엄마, 나 행복해요. 할머니도 아빠도 내 선택에 대해 모두 수긍
해 주셨고 무엇보다 내가 음식을 만들고 그 음식으로 즐거워하는
사람들을 보면 정말 행복해요. 인생 뭐 별것 있어요?"

성욱이는 성격이 담백한 아이였고 나이에 비해 성숙해 있었다.
요리에 대해 이야기할 때 성욱이는 정말 행복해 보였고 그리고 이

후 나는 종종 그 아이가 해 주는 음식을 먹었다. 요리사 자격증이 늘어나 세계 각종 음식을 섭렵하는 즐거움도 생겼다. 같이 있는 시간이 즐겁다. 상대방을 늘 배려하고 늘 미소를 머금고 있기 때문이다. 녀석과 있을 때 난 모든 긴장을 놓고 쉴 수가 있다. 휴가가 따로 없다. 그래서 성욱이와 같이 있는 것이 행복하다.

그런 성욱이의 모습을 보면서 내 강연의 논조도 조금씩 바뀌어 갔다. 사회적 성공이 곧 행복이라는 나의 관념이 허물어졌다.

평생을 가정주부로 살아온 사람들이 내게 가끔 불평을 토로한다. 남이 인정할 만한 성공적인 커리어를 쌓지 못한 본인의 인생은 실패한 인생 아니냐는 것이다. 아니다. 절대 그렇지 않다. 그것은 처음 강연을 했을 때와 지금도 일치한다. 가정주부로서 남편과 아이들을 뒷바라지하는 삶은 역사적으로도 충분히 인정받아 마땅한 훌륭한 삶의 방식이다. 당신들이 있었기에 대한민국은 지난 60년의 기적을 일구었다. 남자들은 여성의 희생을 바탕으로 오직 일에만 몰두할 수 있었고 그래서 국가 경쟁력이 생겼다. 아이들은 오직 자신의 꿈을 향해 달려갈 수 있었다. 여기에 반론을 제기할 사람은 없다. 사회의 공적을 나눌 수 있는 권리가 있으며 사회는 당신들의 희생을 칭송할 의무가 있다.

단, 예전의 나는 그들의 삶과 여성으로서 일하는 삶에 있어 가치를 달리했다. 그래서 대외적인 일을 하면서 사회적으로 성공하는 이들이 더 큰 성취를 쌓는 것이라 생각했던 것이다. 그러나 아니다. 그것은 선택의 문제다. 솔직히 나는 살림에 소질이 없다. 또 적성에도 맞지 않는다. 그렇기에 다른 길을 택했을 뿐이다. 자신이 주부의 일을 선택했고, 그 일이 즐겁고, 자신의 역할이 가족에게 도움이 되고 행복을 확장시켜 나갔다면 그게 바로 커리어다. 다만 스스로 선택한 길이면 자신의 마음이 뿌듯할 정도로 만족할 수 있는 성공적인 가정주부가 되는 것이 중요하다고 나는 믿는다. 그렇지 않다면 언제든 다른 길로 뛰어들어야 한다.

마찬가지로 본인이 사회적으로 큰 성취를 이루었다고 해도 그것이 자신과 가족, 그리고 다른 사람들에게 행복을 가져다주지 못한다면 별 의미가 없다는 것이 내 생각이다. 그렇기에 행복이란 가장 개인적인 감정인 동시에 사회적인 것이다.

다시 태어난다면 나는 지금과 같은 인생을 살 생각이 없다. 평범하고 무난한, 그러면서도 치열한 인생을 살아 보고 싶다. 나는 악조건에 놓여 있는 것을 한 번도 즐긴 적이 없다. 그저 즐기고 있다고 스스로를 세뇌시키고 그렇게 믿으려 노력했을 뿐이다. 그렇게 하지 않으면 그 단계를 넘어설 수 없었기 때문이다. 진정 악조건을 즐기는 사람이 어디 있겠는가? 그래서 늘 강팍한 삶을 살아왔다. 그런 과정에서 나는 까다롭고 고집이 센 사람이 되었다. 그런 것보다는 남들이 보기에도 좀 여유롭고 넉넉한 사람이 되고 싶다. 그 여유로움 속에 통찰력을 갖춰 항상 비전을 품은 사람으로 살아가고 싶다. 오죽하면 성아가 빨리 아이를 낳기를 기다리고 있겠는가. 그 아이를 키우며 나는 성아를 키울 때보다는 좀 더 여유를 갖춘 할머니로 남기를 희망한다. 그 아이와 더 행복한 삶을 꾸려 나갈 자신이 있다.

길잡이로서의
삶

　　타인이 롤모델로 삼고자 하는 삶
을 살았다는 것은 참으로 큰 영광이다. 작가라고 해서 혹은 전문 연
설가라고 해서 모두 그런 영광을 누릴 수 있는 것은 아니다. 간혹
내 인생이 자신의 롤모델이 되었다는 사람을 만날 때마다 나는 현
재 내 자신에 대해 칭찬을 아끼지 않는다. '잘했어, 훌륭했어. 진규
야, 더 큰 자신을 가져!'라고 속삭인다.

　　하버드를 졸업하기 일 년 전쯤 짧은 이메일이 왔다.

　　"저는 하버드 비즈니스 스쿨에 다니는 사람입니다. 제가 하버드
에 온 것은 모두 선생님으로부터 용기를 얻었기 때문입니다. 혹 지
금 하버드에 계신다면, 그리고 시간이 나신다면 식사를 대접하고
싶습니다. 모쪼록 시간을 내 주십시오."

삶은 변화무쌍하며 다채롭다.
'절대'라는 것은 존재하지 않는다

대략 이런 내용이었다. 나는 사람들과 만나는 것을 무척 좋아한다. 마다할 내가 아니었다. 그녀는 좋은 집안에서 태어나 서울대를 나온 사람이었다. 그리고 동아일보에서 기자 생활을 하기도 한 엘리트였다. 그런데 특이하게도 집안사람들이 모두 공부에 소질이 있음에도 불구하고 유학파는 한 명도 없었다는 것이다. 자신도 '뭐 굳이 외국에 나가서까지 공부를 해야 하나?' 하는 생각에 학업을 마치고 기자의 길로 들어섰다는 것이다. 기자라는 직업은 남들보다 다양한 정보, 신속한 정보를 듣기 마련이다. 그리고 항상 연구하는 자세를 취하지 않으면 경쟁에서 밀리게 마련이다. 그녀는 홍보용으로 들어온 내 책을 우연한 기회에 읽었다. 그녀가 내 인생에서 참고한 것은 다른 것보다 공부였다. 마침 공부를 더 해야 하는 것 아닌가라는 생각을 하던 참이었다.

그녀는 뉴욕 대학교에 들어가 석사 과정을 밟았다. 그곳에서 공부를 하러 온 한국 남자를 만나 결혼을 했다. 그리고 석사 과정을 마친 직후 다시 한국으로 돌아가 동아일보에 복귀했다. 그렇게 일에 집중하려 했으나 학문이란 것이 하면 할수록 퀘스천 마크가 붙는 것이라 결국 일을 다시 접고 미국으로 건너왔다. 그녀는 하버드 비즈니스 스쿨에 도전했다. 그리고 그 과정에서 수필을 제출해야 했기에 그녀는 '서진규'를 주제로 글을 썼다.

"한국에 서진규라는 사람이 있는데 지금 하버드 박사 과정에 있다. 그녀는 아메리칸 드림을 일궈 낸 사람 중 한 명이다. 그 사람이 낸 책을 보며 나는 그녀를 내 인생의 멘토로 삼는 데 주저하지 않았다. 그리고 그녀의 뒤를 밟아 하버드에 가야겠다는 꿈이 생겼다."

그녀는 자신이 어떤 글을 썼는지 설명해 주었다. 낯이 뜨거웠다. 그녀는 합격을 했고 그 공이 내 덕분이라고 말을 했다. 그럴 리가 있 겠는가. 공부에 집중해 성적을 올린 것도 그녀고 기자 출신이니 글 솜씨도 오죽하겠는가. 그렇지만 그녀의 칭찬에 기분이 좋았던 것은 사실이다. 짧은 만남이었지만 우리는 어느새 지인이 되었다. 종종 만나 서로를 격려하는 사이로까지 발전했다. 그리고 2006년 같은 해에 졸업했다. 그녀는 졸업이 확정되자 전에 동료였던 기자들에게 연락해 내가 졸업한다는 사실을 알리기도 했다. 그녀의 기자 정신 덕분에 당시 동아일보에 내 기사가 커다랗게 실리기도 했다.

그녀는 졸업 후 세계 최고의 컨설팅 회사라는 '보스턴컨설팅'에 들어갔다. 기자의 삶과 세계 최고의 컨설팅 회사의 삶 중 무엇이 더 나은 삶인지 나는 모른다. 다만 그녀가 이전보다는 더 만족스러운 삶을 살길 바랄 뿐이다. 그리고 당신이라는 사람을 만난 것이 내게 는 영광이었다는 것을 전하고 싶다. 당신 덕분에 그 고단했던 학업 이 조금 즐거워졌다. 그리고 당신 덕분에 나는 좀 더 젊고 생동감 넘치는 인생을 그려 나갈 수 있었다. 무엇보다 내가 누군가에게 본 보기가 될 수 있다는 것을 알게 해 주어 감사하다.

이번 책은 근본적으로 내 글과 내 강연을 듣고 꿈을 꾸는 사람들 에게 더 구체적인 이야기를 하기 위해 시작된 메시지다. 그렇지만 꿈을 이룬 사람들에 대해 아무런 언급 없이 넘어가서는 안 될 듯 하다.

나는 내 인생을 접하고 직업 군인이 되었다는 사람을 가장 많이 보았다. 그리고 유학을 떠나 학위를 딴 사람도 많이 보았다. 감사하다. 우린 서로에게 감사해야 할 사람들이다. 그리고 그 꿈을 더 키워 나가길 간절히 바란다. 또한 당신의 꿈이 더 펴져 나가 당신의 후배들에게, 혹은 동료들에게 전달될 수 있기를 희망한다. 그래서 자신에게 만족하고 행복함을 느끼는 인생이 이 지구에 점점 더 많이 늘어났으면 한다. 그것을 위해 현재의 나는 존재한다. 그리고 살아갈 수 있다.

자신이 생각하는
최고를 찾아라

내가 누군가에게 도움이 된다는 것만큼 가치 있는 일이 있을까? 내가 작가가 되고 강연을 하는 건 바로 누군가에게 도움이 되기 위해서다. 꿈을 찾지 못하고 있거나 어떻게 살아갈지 막막한 이들에게 힘을 불어넣고 생기를 찾게 하는 일, 그것이 이제 내 일이 되었다.

태어날 때부터 가난하게 태어난 사람들은 많은 악조건과 싸워야 한다. 왜냐하면 이 사회에서는 무엇을 하든 돈이 들기 때문이다. 가난이라는 불리함은 다 읊조리기에도 벅차다. 그들은 불행하다. 잘난 사람들과 비교당하면서 항상 낮은 위치에 있는 자신을 비관할 수밖에 없다. 출발선상에서부터 불리함을 안고 뛰는 이들이 그래도 잃지 말아야 할 것은 바로 마음이다.

가난을 내 세대에서 끊어야 한다고 마음을 먹었다면 그 약속을 지키기 위해 누구보다 강해지고 독해져야 한다. 그리고 자신의 롤모델을 찾아야 한다. 가난과 불리함을 극복하고 성공한 사람들을 찾아내 따라해 보고 그 인생을 닮고자 노력해야 한다. 그것은 창피한 일이 아니다. 새로운 것을 창조하기 위해 가장 먼저 해야 할 일은 모방이다.

그 모델이 되고자 나는 평생을 바쳤다. 그리고 내가 바로 희망의 증거라고 떠들고 다니는 것이다. 다행히도 나의 일련의 활동은 가진 것 없는 이들에게 영향을 미치고 있다.

그녀의 아버지는 경비다. 알코올 중독자이지만 일을 한다. 어머니는 파출부를 한다. 고단한 일을 마쳐도 즐거움은 없다. 오히려 느끼는 것은 빚뿐이다. 빚 때문에 키우던 돼지도 팔고, 빚을 내서 키우던 소도 빚을 내어 준 작은 아버지가 빚 대신 가지고 가 버렸다. 마침내 집을 지키던 개마저 팔려나갔다. 집이 가난할 뿐만 아니라 빚이 많다는 것이 알려지자 이웃들도 그 가족을 업신여겼다. 학비가 모자라 휴학 중이었지만 집안을 일으키겠다며 영어, 일어 공부에 열중이던 그녀는 이런 일련의 과정을 겪으며 희망을 잃었다. 한마디로 '딱 죽고 싶었다'.

"근데 아줌마 책을 읽고 뭔가를 찾았어요. 책 제목처럼 희망을 찾은 건지도 모르겠어요. 이렇게 주저앉을 수만은 없다는 생각에 독하게 살기로 했어요. 이가 부서지도록 악물고 이 힘든 터널을 다 헤쳐 나가서 결국에는 꼭 성공하고야 말겠다고요. 내 주위에 있는 사람들에게 보란 듯이 꼭 성공해 보이겠어요. 꼭이요!"

그녀가 어떻게 됐는지는 모른다. 다만 그녀와 비슷한 처지에서 나름의 성공을 이룬 사람들의 소식을 간혹 들었다. 한번은 성아가 연락을 해 왔다. 성아가 하와이에서 중위로 근무하던 시절이었다.

"여기서 나를 알아보는 사람을 만났어요."

"그래? 누군데?"

"상병이었는데 엄마가 자기의 멘토였다고 하더라고요. 방송에 나온 것하고 책이란 책은 다 찾아보고 그랬대. 그래서 어렵게 미국으로 건너와 미군에 입대했고 우연하게 나를 만난 거지. 참 행복해 보였어."

"그래, 나도 기쁘네. 누군지 모르지만."

"좋겠어요. 엄마를 롤모델로 삼는 사람이 많아서."

"누굴 롤모델로 삼든 그게 중요하니? 난 그저 행복한 사람이 한 명이라도 늘어났으면 좋겠다."

정말 그랬다. 나는 그저 현실의 벽을 허물고 앞으로 나아가는 사람들이 늘어나는 것이 힘이 되었고 그게 그저 행복했다. 그녀는 성아와 종종 메일을 주고받았고 나에게도 이메일을 보내왔다. 어느 날인가 장교에 도전한다고 소식을 전하고는 당분간 연락이 없었다. 그리고 아주 나중에 다시 연락이 왔다.

"선생님, 장교가 되는 것은 정말 힘이 들었습니다. 처음에는 하루하루 버텨 나가는 것이 너무 힘들어서 포기 직전까지 갔습니다. 그래서 아이디어를 하나 냈습니다. 지금 제가 군대에서 훈련을 받는 것이 아니라 서진규 선생의 일대기를 소재로 한 영화를 만드는 데 주인공을 맡은 배우라고 스스로를 속였습니다. 다시 말해 나는 영화배우가 된 것이지요. 그랬더니 그 고된 훈련을 받으면서도 웃을 수 있게 되더군요. 교관이 소리를 지르는 것도 내가 아닌 서진규 선생에게 하는 것이고 기합을 받는 것도 제가 아니었습니다. 저는 될 수록 처절하게 연기를 했습니다. 그리고 결국 통과했습니다. 저, 소위가 되었습니다. 선생님 찾아가면 만나 주실 수 있는지요? 꼭 뵙고 싶습니다."

그 전에도 직접 독자를 만난 경우는 몇 번 있었지만 그때처럼 기뻤던 적은 없었다. 우리는 신세계 백화점 앞에서 만났다. 예쁘장한 미군 장교가 자신만큼 커다란 류색을 짊어지고 나를 보자 거수 경례를 해 왔다. 나는 마치 딸내미라도 본 듯 기뻤다.

그녀는 한창 바쁜 지금도 내게 가끔 연락을 해 온다. 이라크와 아프가니스탄 등지로 해외 파병을 나가기도 했다. 내가 경험해 보지 못한 것도 해내는 등 이제는 나를 뛰어넘어 자신만의 세상을 구축하고 있다.

그녀는 나의 삶을 잘 이해하고 잘 사용했다. 그리고 나의 기쁨이 되었다. 롤모델이 되는 것은 커다란 영광이다. 자신을 닮고 싶다는 데 화를 낼 사람이 어디 있겠는가. 동의를 구할 필요도 없다. 그냥 자기 마음대로 닮고 싶은 부분, 빼가지고 갈 부분을 마음껏 써도 된다. 꿈을 꾸는 것과 마찬가지로 이 경우도 공짜다. 예술품처럼 무단 도용으로 인한 법적 제재가 없다. 다만 영광이고 기쁠 뿐이다.

나를 닮고 싶다고 했다가 나를 뛰어넘어 자신의 영역을 완전히 구축한 경우도 있었다. 어느 날인가 느닷없이 프리랜서 피디라는 사람에게서 이메일이 왔다. 밥을 사겠다는 내용이었다. 약속 장소에 그녀는 자신의 어린 아들도 대동하고 나왔다.

"선생님, 저 이번에 YWCA에서 주는 위대한 여성상을 타게 되었습니다. 감사합니다."

앞뒤 없이 감사하다는 말에 나는 되물었다.

"당최 그게 무슨 말인지?"

그녀의 말은 이랬다. 자신은 가난한 군인, 소위의 아내였다. 가난하고 소박한 삶이었다. 그녀의 취미는 아이를 들쳐 업고 외출을 할 때 서점에 들르는 것이었다. 책 살 돈도 아끼느라 생긴 버릇이었다. 그날도 시장에 다녀오는 길에 서점에 들러 책을 들었다. 내가 쓴 책이었다. 그녀는 책을 손에서 놓지 못했다고 한다. 결국 책을 사 버리고 말았다. 그날 책을 읽느라 그녀는 잠들지 못했다고 했다.

"인생 한 번인데 이렇게 살 수는 없단 생각을 했어요. 용기를 내기로 했죠. 다시 공부를 했고 프리랜서 피디가 될 수 있었습니다."

그녀의 활동 무대는 세계였다. 그리고 그중 누구도 가길 꺼려하는 전쟁터를 찾아다녔다. 이라크, 아프가니스탄에 다녀오면서 그녀는 명성을 얻었다. 지뢰를 밟아 발가락을 잃었지만 굴하지 않은 것이 유명세를 탔던 것이다. 소말리아에서 해적들에 의해 우리나라 선원이 납치당하는 사건이 발생했을 때도 가장 먼저 찾아가 해적들과 인터뷰한 것도 그녀였다. 결국 그녀는 위대한 여성이 되었다.

"선생님, 저도 제 안에 이런 용기가 있는 줄 몰랐어요. 그걸 선생님이 찾아 주신 겁니다. 감사합니다."

"무슨 소리! 아닙니다. 정말 대단합니다. 그리고 감사합니다."

미군 장교가 된 그녀도, 최고의 프리랜서 피디가 된 그녀도 모두 대단한 사람이다. 아직 잘 몰라서 그렇지 우리 주변에는 이런 감춰진 능력을 갖고 있는 사람이 널려 있다고 나는 믿는다. 자신이 진정 누군지 궁금하지 않은가? 그렇다면 일단 롤모델을 찾아 따라해 보자. 엄청난 새로운 자신이 그 안에 떡 버티고 있을지 모를 일이다.

성공에
마침표는 없다

　　나도 모방하는 것을 좋아한다. 어린 시절에는 어사 박문수가 되고 싶었다. 그리고 노력해서 나름 이름 있는 강연자가 되었다. 어사 박문수와 나의 차이라면, 그는 권력을 도구로 옳은 일을 행하고 나는 나의 삶을 근거로 희망을 전파하는 것이다. 그가 "암행어사 출두요!"라고 외칠 때, 나는 "우리는 모두 희망의 증거가 되어야 합니다!"라고 외친다. 정의로운 암행어사가 출두하면서 없는 자, 억울한 자에게 희망을 주듯, 나의 말은 꿈을 잃은 이에게 잠재되어 있는 삶의 희망을 일깨우는 데에 사용된다. 그와 나는 너무 다르지만 '희망 찾아 주기 프로젝트'를 성공시키기 위해 불철주야 노력한다는 공통점이 있는 것이다.

　　강연자로서 나름 이름을 얻은 후에도 나는 롤모델을 찾아 헤맸다. 그리고 찾은 사람이 잭 캔필드였다. 세계적 베스트셀러《영혼을 위한 닭고기 수프》시리즈의 저자인 잭 캔필드는 강연자로서도 최고봉에 있는 사람이다.

나의 독자들이 내게 그랬듯 나도 그에게 편지와 이메일을 수차례 보냈다. 그에게 물을 것도 많고 궁금한 것도 많았다. 이왕 저자이자 강연자로 살기로 했으니 세계 최고라고 할 수 있는 그를 마음껏 탐닉해 보고 싶은 마음이 있었다. 그러나 내가 내 독자에게 일일이 답해 줄 수 없듯, 그도 좀처럼 답을 하는 사람이 아니었다. 결국 나는 보따리를 쌌다. 그를 만나기 위해서 그의 세미나에 참석하기로 작정한 것이다. 상당한 돈이 들지만 그 방법뿐이었다.

그의 세미나는 유명한 만큼 돈이 들었고 알찼다. 장소는 애리조나 주 피닉스 센터였다. 8일 동안 엄청난 수업과 과제가 뒤따랐다. 일반적으로 세미나라면 노는 것 반, 공부하는 것 반이라는 이미지가 있는데 그의 세미나는 미션을 완수하지 못하는 사람을 내쫓을 정도로 엄숙한 분위기에서 진행되었다.

잭 캔필드는 청중을 사로잡는 힘이 있었다. 강연자가 청중을 아우르는 힘이 약하면 강연장은 산만해지기 일쑤다. 강연 소리와 떠드는 사람들의 말소리가 섞이기 시작하면 도대체 무슨 주제로 그날 모였는지 중심이 흐트러지기 시작하는 것이다. 잭 캔필드는 조금이라도 떠드는 소리가 나면 상대를 노려보며 조용히 하라는 제스처를 취한다. "쉬이!"라고 소리를 내기도 한다. 사람들은 긴장하고 마침내 조용해지면 다시 이야기를 시작한다.

강연장에 늦게 들어오는 사람은 벌금을 내야 한다. 친한 사람도 예외는 없다. 지인이 강연회 시간에 늦으면 오히려 돈을 더 내도록 한다. 그렇게 모인 돈은 지정한 자선 단체에 전부 기부한다.

강연회 일정이 진행되는 8일간 술은 입에도 대지 못한다. 술을 마시면 다음 날 명상에 지장이 있다는 것이 그의 주장이다. 심지어는 참석자 간에 새로운 로맨스를 시작하는 것도 금기 조항의 하나다. 세미나가 종료되기 전 깨질 경우 두 사람 간의 나쁜 감정이 전체 분위기를 흐릴 수 있다는 것이 그의 주장이다. 그런 그의 주장에 상대가 거부 의사를 밝히면 분명히 이야기한다.

"당신은 돈을 내고 이곳에 왔습니다. 그것은 곧 계약을 했다는 의미입니다. 계약을 지킬 의무가 나와 당신 사이에 존재하는 것이지요. 계약 내용 중 음주를 하면 안 된다는 것이 분명히 명시되어 있습니다. 위반시 나는 당신을 이곳에서 내보낼 권리가 있습니다. 아시겠습니까?"

나는 그의 세미나를 수차례 더 찾아갔다. 그의 세미나는 나를 초심으로 돌아가게 하는 힘이 있었기 때문이었다.

"당신의 비전을 생생하게 느껴 보고 그려 보십시오. 그리고 그것을 이루는 과정을 생각해 보십시오. 많은 암초가 있을 것이고 당신은 실패할 수도 있고 때에 따라서는 하지 말아야 할 실수를 할 수도 있습니다. 그렇지만 포기하지 마십시오. 그 비전을 이룬 후의 자신을 생각하고 느껴 보십시오."

처음 그의 말을 들었을 때 나는 상당히 놀랐다. 그건 내가 어릴

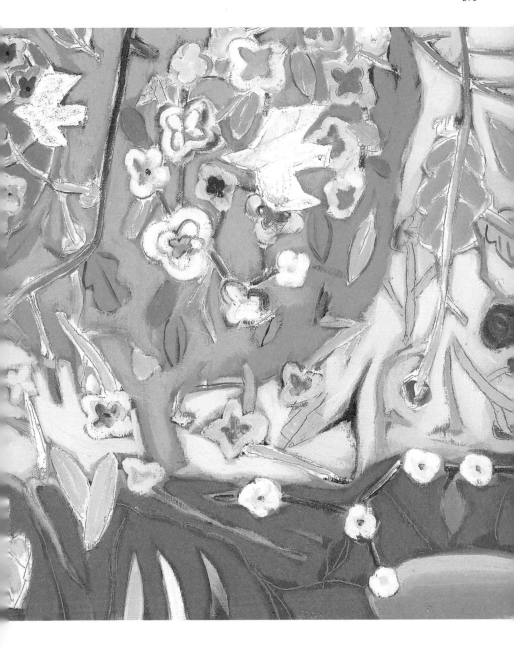

희망을 나누는 세상

때부터 자주 사용하던 방법이었기 때문이다. 솔직히 말하자면 그에게서 새롭게 배울 것은 그다지 많지 않았다. 그건 그의 능력이 부족해서가 아니었다. 그저 그의 방법과 나의 방법이 닮아 있어서였다. 나는 그에게 나를 알리기 위해 노력했고 그와 사적인 대화를 하는 수준까지 관계를 만들었다. 나의 인생에 그도 상당한 호감을 보였다. 그리고 잭은 내게 큰 용기를 주었다.

"진, 당신의 스토리 속에는 베스트셀러 책이 여러 권 들어 있고 블록버스터 영화가 여러 편 들어 있소. 당신의 스토리는 남녀노소, 인종과 민족을 불문하고 어느 누구에게나 영감과 감동을 줄 수 있어요. 나도 적극적으로 추천하겠소."

이젠 고인이 된 지그 지글러라는 작가이자 강연자도 내게 많은 영감을 준 사람이다. 강연회를 준비할 때, 아니면 살면서 좀 맥이 빠지는 순간 그의 목소리가 녹음된 오디오북을 듣는다. 지그 지글러의 최대 장점은 유쾌함에 있다. 이 작가는 강연자로서 사람을 기분 좋게 만들고 들뜨게 만드는 장점이 있다. 잭 캔필드가 엄숙함으로 사람들을 이끈다면 지글러는 즐거움으로 사람들의 시선을 고정시킨다.

"여러분들은 모두 오늘 아니면 사흘 안에 스스로의 인생을 완전히 망칠 수도 있다. 그걸 확신하는 분은 손을 들어 보세요. 흠……이게 답니까? 글쎄요. 제가 보기엔 누구나 다 그럴 수 있다고 생각하는데요. 지금 당장 할 수도 있죠. 지금 이 강단에 나와서 벌거벗고 춤을 춰 보세요. 당신이 미쳤다는 소문이 금세 퍼지고 그 소문은 당신의 인생을 망칠 수 있습니다. 반대로 지금 하는 일이 내 인생을 성공시킬 수도 있습니다. 아니면 며칠 안에 그런 일이 발생할 수도 있습니다. 다시 말해서 내 인생이라는 것은 내가 지금 어떤 일을 하느냐에 따라 결정되는 겁니다. 그러니 남의 탓은 있을 수 없죠. 어떤 조언을 들었든 최종 결정은 바로 본인이 하는 거니까요. 그걸 모르는 사람이 없는데 많은 사람들이 항상 다른 사람 핑계를 대며 남을 원망합니다. 정말 한심하죠. 그러는 동안에 지금 무슨 일을 할 것인가를 생각하는 게 훨씬 현명한 겁니다. 그것이 바로 미래의 나를 결정짓는 일이니까요."

나는 위 두 사람의 말을 곧잘 인용하고 강연장에서 활용한다. 다만 그들은 인생의 슬픔에 대해서는 이야기하지 않는다. 그건 나만 강연장에서 떠드는 이야기이고 나만의 무기이기도하다.

지인들에게 내가 잭 캔필드를 만나고 지그 지글러의 오디오북을 듣는다고 하면 놀란다. 굳이 그럴 필요가 있느냐는 거다. 하지만 천만에! 세상엔 내가 아직 모르는 것 투성이고 매일매일 새로운 것이 인생이다. 나보다 앞서 이 일을 시작한 이에게 배울 것이 없다는 것은 오만함이다. 나는 오늘도 선배 작가와 강연자들을 찾아 나선다. 그리고 그들의 장점을 모아서 내 것으로 만들고 있다. 그것이 나의 강연을 찾아오는 청중들에 대한 예의이기도 하다.

때론
기적도 있다

경희대학교에서 강연을 할 때였다. 대학교에서의 강연이 그렇듯 나는 내 이야기를 꺼냈고 금세 그들과 호흡을 같이하며 시간을 보냈다. 나는 젊은이들을 만나면 강연을 더 신바람 내며 하는 경향이 있는데 그것은 딱히 이유가 없다. 그저 젊음의 싱그러움 때문에 그런 듯하다.

아무튼 끝날 무렵에는 나를 모르고 있던 학생들에게 생의 활기를 불어넣어 주었다는 뿌듯함을 느낄 수 있을 정도로 강당 안은 뜨거웠고 서로를 안아 주는 마무리 의식도 오래 지속되었다. 그러던 중 나이대로 따지면 조교쯤으로 보이는 한 청년이 눈에 들어왔다. 그는 내 앞에 늘어선 줄에 끼어 있었는데 차례가 될라치면 자꾸 뒷줄로 옮겨 갔다.

'어, 내가 혹 아는 사람인가?'

그런 의문이 들었지만 그는 낯선 얼굴이었다. 마침내 사람들이 거의 흩어지고 결국 몇몇 사람과 그와 나만이 남았다.

"선생님, 감사합니다."

"혹 전에 만났던 적이 있나요, 우리?"

내가 물었다.

"아뇨. 처음 뵙습니다."

그는 그러고 나서 말을 이어 갔다. 그는 다른 학생보다 열 살을 더 먹은 늦깎이 대학생이었다.

"저 건달, 아니 깡패 출신입니다. 못된 짓 많이 하고 다녔습니다. 그러다 선생님 책을 보았고요. 며칠을 끙끙 앓으면서 울었습니다. 그리고 벗어날 수 있었습니다. 깡패가 잘못을 깨닫고 공부를 다시 하기가 쉽지는 않았습니다. 하지만 선생님 생각하면서 벽에 머리를 찧으며 공부했습니다. 이젠 학교 선생님이 되고 싶습니다. 그게 내가 할 수 있는 일이라고 생각합니다. 저처럼 못난 놈들을 이해해 줄 수 있는 선생님도 필요하지 않겠습니까? 제 생각이 틀리지 않았지요?"

느닷없는 질문에 나는 순간 당황했지만 이내 대답했다.

"틀리긴요. 정말 훌륭한 생각입니다."

"절 받으십시오!"

"예?"

"선생님, 저 선생님께 절하고 싶어서 지금까지 기다린 놈입니다.

희망은 또 다른

희망을 낳는다

절 낳아 준 어머니는 따로 있지만 선생님은 제가 새 삶을 살게 해 준 또 다른 어머님입니다. 절 받으십시오."

그리고 그는 넙죽 큰절을 했다.

기적이라는 것이 별것이겠는가? 건달이 선생님이 되는 영화 같은 이야기를 나는 목전에 두고 있었다. 하긴 나는 최근에도 기적을 보았다.

그녀의 이름은 김세나. 이미 언론에도 수차례 오르내린 대한민국의 장교다. 그녀는 그냥 장교가 아니다. ROTC 전체 5,000여 명 가운데 훈련 성적 수석, 장교 임관 성적 차석으로 올해 3월에 육군 소위로 임관했다. 그녀가 유명하게 된 것은 단순히 성적 때문이 아니다. 그녀는 횡문근융해증이라는 이름도 생소한 병을 앓았다. 이 근육이 녹는 병 때문에 그녀는 해군사관학교 생도가 되어서도 자퇴할 수밖에 없었던 이력의 소유자다.

세나의 어머니는 여성도 뭐든 할 수 있다는 생각을 가지신 분이었는데, 내 독자였다. 그녀는 자신의 딸에게 내 책을 소개해 주었고 세나는 군인의 꿈을 키워 나갔다. 그렇지만 병이 앞을 가로막자 이번에는 경찰로 목표를 바꾸었다. 해사에 입학할 수 있을 정도의 실력을 갖춘 그녀는 쉽게 동국대학교 경찰행정학과에 진학했고, 본인의 의지로 병마를 극복해 나갔다. 경찰행정학과 내에서는 과 수석과 유도왕 등을 놓치지 않았다. 그녀는 이미 기적을 실현시키고 있었던 것이다. 그렇지만 군인에 대한 꿈은 잊히지가 않았다. 자퇴를 하고 여군 사관 시험이나 부사관 시험이라도 다시 볼까라는 생각이

들 무렵, 우리나라에도 여군 ROTC 제도가 생겼다. 그녀는 ROTC 에 주저 없이 지원했다.

개인적으로 나는 세나를 2012년에 만난 적이 있었다. 그녀는 지금도 그때 나를 만난 것이 큰 힘이 되었다고 말한다. 나는 그 말을 그대로 돌려주고 싶다. 내가 당신을 만난 것이 영광이다. 그리고 당신 같은 이가 군인이 되어 이 나라를 지키는 것에 무한한 안도감을 느낀다. 당신 같은 젊은이가 있기에 이 나라는 아직 건강하고 살만한 곳이다. 그리고 본인의 뜻대로 여군이 아닌 군인이 되어 이 나라의 현재와 미래를 떠받들어 주길 희망한다.

나는
나를 좋아한다

　　자신을 사랑할 수 있어야 한다. 겉
모습만 멀쩡할 뿐 도전하지 못하고 용기 없는 자신을 사랑할 수 있
는 사람은 없다. 나는 나를 사랑한다. 내가 적지 않은 역경을 넘어
온 사람이기에 나에게 있어 나는 세상에서 가장 친한 전우이며 동
지다.

　　나도 남들처럼 초등학교 때 친구들을 만난다. 가장 친한 친구
중 한 명은 아르헨티나에 가 있고 또 다른 한 명은 사이판에서 산
다. 결국 우리는 한국에 들어와서야 만날 수 있는 사이지만 만나기
만 하면 바로 어제 보았던 사람처럼 거침이 없다. 그리고 모두 주장
이 강한 편이라 싸우기도 한다. 한번은 내 인생이 대화의 중심이 되
었다.

"얘, 진규야. 저 지난 번에 나온 책 말이야. 그거 좀 문제가 있더라."

작가는 자신의 작품에 대한 지적을 받아들여야 할 의무가 있지만 솔직히 우선 심정적으로 발끈하는 것이 사실이다.

"무슨 소리야. 뜬금없이!"

"너만큼 성공한 인물은 너무 그 구질구질한 이야기를 그렇게 가감 없이 쓰는 거 아니야."

"그러면 어떻게 쓰는데?"

"감출 건 감추고 그래야지. 술집 했던 집이고 엿장수도 했었고 결혼해서는 남편한테 두들겨 맞았고, 그거 좀 그렇잖아? 좀 일반인과 다른 느낌으로 그렇게 가야 사람들도 너를 더 높이 보는 거야."

나는 기분이 몹시 언짢았다. 사실 친구가 말하기 전 그 문제로 출판사 사람들과 의견이 맞지 않아 갈등을 겪었기 때문이다. 당시 출판사의 주간이 내게 말했다.

"선생님, 선생님은 구름 위에 있는 사람이 되어야 합니다. 그렇게 너무 솔직하게 말하는 것은 책 판매에 도움이 안 돼요. 좀 신비함이 있어야 강연도 더 효과가 있고 베스트셀러로서도 오래가는 경향이 있거든요."

그러나 나는 단호하게 그 말에 반대했다. 나는 친구의 물음에도 그리고 출판사 주간의 물음에도 같은 대답을 했다.

"나는 남을 돕는 사람이야. 글이든 말이든 남을 도우려고 이 자리에 있는 거라고. 내가 돕고자 하는 사람들 대부분이 나처럼 힘없고 사회에서는 밑바닥인 사람들인데 그 사람들과 괴리감을 느끼게 하면 무슨 진정성이 있니? 내가 뭐 대단함으로 둘러치고 남들 위에 있는 사람처럼 군다면 그 사람들이 도대체 내 인생에서 무엇을 느끼고 배울 수 있겠어?"

"아니야. 진규야. 네 말도 일리는 있는데 세상이 그렇지 않다니까. 사람들은 어차피 성공한 것만 기억하게 되어 있어. 그러니까 네가 군대에서 고생해서 장교가 된 이야기, 그리고 공부를 죽자 사자해서 하버드 박사가 되는 과정, 이런 것만 그려도 충분해. 무엇하러 이혼한 이야기, 식당, 골프장에서 일한 이야기를 쓰냐고. 사람들이 그런 걸 보면서 무슨 생각을 하는지 알아? 네가 하자가 있는 사람이라고 판단한다니까. 그걸 치부라고 하는 거야. 이 헛똑똑아!"

"아니, 내가 원래 그런 사람인데 어떻게 거짓말을 하니? 내 이야기를 듣는 사람도 자신의 인생을 반추하면서 대리 만족도 하고 자기 나름대로 문제를 해결하는 방법을 찾을 수 있을 거라고 생각해. 그게 더 바람직한 방향이야."

"얘가 얘가! 하여간 순진하다니까. 너 나중에 내 말 안 들었다고 후회나 하지 말아라."

그날 친구와의 기 싸움은 끝이 없었다. 그러나 나의 생각에는 지금도 변함이 없다. 후회한 적도 없다. 사람은 있는 그대로 자신을 알아야 앞으로 나아갈 수 있다. 있는 그대로 바라보며 사랑할 수 있어야 자신에게 필요한 답을 찾을 수 있기 때문이다.

글을 보아도 안다. 그런 내 인생을 보며 가감 없이 자신의 인생과 대입시키는 사람들은 목표를 향해 뜨겁게 열정을 불사르고 있는 경우가 많다.

"서진규 선생님, 동동거리며 출근하여 제 책상에 앉아 차 한 잔을 마시면서 '나 자신이 지금 제대로 가고 있기는 한가?'라는 생각을 했습니다. '애들하고 제대로 놀아 주지도 못하면서 새벽부터 밤늦게까지 왜 이리 살고 있나' 생각했습니다. 물론 지금 논문을 진행하느라 정신이 없어서 그런 것이라 생각도 해 보지만 새벽 4시 30분경에 일어나 12시 가까이 잠들 때까지 너무 정신없이 보내는 것은 아닌가 생각합니다. 그래서 오늘 새벽에는 바이올린 연습을 하러 가지 않았습니다."

그녀는 공부하는 보건 교사다. 작은애를 가졌을 때 석사 논문을 쓰던 중이었고 논문이 끝나자마자 박사 시험 준비한다고 허둥댔다. 다행히 한 번에 합격했다. 그녀는 그 기간 만삭이 된 배를 안고 아침잠에서 깨어나지 않은 큰애를 깨우고 아침 도시락을 싸서 포대기에 업고 출근해야 했다. 가방은 항상 책으로 가득 차 어깨가 내려앉을 정도로 아팠지만 책가방이 제 어깨를 아프게 하는지도 모르며 지냈다. 목욕하다 보면 어디서 부딪혀서 생긴지도 모르는 멍이 무릎에 들어 있기 일쑤였다. 출산 관계로 박사 첫 학기를 휴학하고 아이가 6개월 되던 때에 복학했다. 익숙지 않은 영어 원서 보는 것도 그렇고, 석사와 과정이 달라(석사 졸업 후 학교를 옮기는 바람에) 직장을 하루에서 이틀을 비우면서 공부하러 다니는 것이 힘들었다. 교장, 교감 선생님, 여러 선생님들, 학생들 눈치 보며 학교 다니느라 늘 바늘방석에 앉아 있는 기분이었다. 학교에서 자리를 비운 사이

보건 교사 업무를 대신할 사람이 없다는 것이 가장 큰 문제였다. 휴직을 하고 공부를 할 수도 있지만 경제적인 문제가 있기 때문에 그것도 불가능했다.

퇴근해서 가족들 저녁 준비하고 빨래를 정리하다 보면 저녁이 다 지나갔다. 화장도 지우지 못하고 앞치마를 입은 채 우유를 먹이다가 아이 옆에서 쓰러져 잠이 들기가 일쑤였다.

"선생님, 저는 이 모든 상황을 제가 선택했기 때문에 힘들거나 속상해 하지 않습니다. 단지 잠깐 힘겹다 생각한 것은 한창 제 손길이 필요한 아이들과 함께하지 못하는 안타까운 마음 때문입니다. 그러나 이런 마음도 잠시, 저희 엄마가 항상 저를 지켜 주었듯이 제 옆에는 저를 따뜻하게 감싸 주고 저를 위해 자신을 한없이 희생하는 남편이 있기에 이런 문제들도 극복할 수 있다는 생각을 합니다. 남편은 초등학교 교사인데 무엇보다도 자신의 일을 사랑하며 아이들을 존중해 줍니다."

그녀는 원래 국어 선생님이 꿈이었다. 다만 집안 형편상 간호전문대를 졸업했을 뿐이다. 적성이 맞지 않아 힘든 시간을 보낸 시기였지만 견뎌 나가는 과정에서 점점 의지가 강해졌다. 그리고 공부를 더 해야겠다는 생각에 한국방송통신대학 국문학과에 편입했고 보건 교사 임용고시에 다섯 번 만에 합격했다. 시험이 공고된 지역이라면 어디든 따라가 시험을 쳤고 마침내 붙을 수 있었다. 그 자신감을 바탕으로 결혼 후에 대학원의 간호교육학과에 들어갔고 보건학 박사 과정에 합격할 수 있었다.

"사람이 꿈이 있으면 그 꿈을 향해 끈을 놓지 않고 노력만 한다면 정말 언젠가는 꿈이 이루어진다는 것을 몸소 체험하며 살고 있습니다. 이러한 제 삶을 통해 선생님처럼 다른 사람들에게 절망에서도 희망의 꽃을 피울 수 있다는 것을 몸으로 말해 주고 싶답니다. 행복이 선생님 가슴 안에 가득 내려앉길 바라면서 또 연락드리겠습니다."

이 얼마나 자랑스러운 일인가. 나는 강연회에서 그녀의 이야기를 종종 한다. 그녀 이외에도 나에게서 영향을 받아 성공할 수 있었다고 하는 사람들의 인생을 툭하면 끄집어낸다. 나의 인생처럼 그들의 인생이 누군가에게 힘이 될 수 있기 때문이다. 성공으로 가는 길은 정해져 있지 않다. 엄청난 노력과 희생이 뒷받침되어야 가능하다. 그리고 무엇보다 날것 그대로의 자기 자신을 마주 보고 내가 어떤 인물인지 명확히 알아 나가는 과정을 거쳐야 한다. 그래야 사랑할 수 있다. 사랑하니 마음껏 미워하고 괴롭힐 수도 있다. 그럴수록 희망에 더 가까운 인생이다.

답은 없다.
다만 과정이 있을 뿐이다

나의 논조는 바뀌지 않는다. 서진
규는 서진규다. 다만 한국어로 말할 때와 영어로 말할 때가 있을 뿐
이다. 미국 케임브리지 시의 한 친구에게서 연락이 왔다. 그는 그
지역 대학교의 교수인데 강연을 1회 해 달라고 부탁을 했다.

"서 박사, 근데 좀 힘들 거야."

"왜?"

"응, 강연회에 참석하는 사람들이 대부분 정부 보조금으로 생활
하는 사람들이거든."

"전혀 문제될 것 없어. 그런 사람들이 나를 더 좋아해."

"그런가?"

"그럼, 내가 밑바닥 출신이잖아."

"하여간⋯⋯."

그날 참석자들은 라틴계 여성들과 흑인들이 대부분이었다.

미국 정부의 정책 중에는 웰페어(정부 보조 의존)에 의존하여 생활하는 사람들에게 교육을 통해 그런 상황을 벗어날 기회를 제공하는 것이 있다. 그들에게 대학에 진학할 수 있게 해 주며 학비는 물론이고 성실하게 학교에 가는 사람들에게는 작은 인센티브를 제공하는 프로그램이다. 그때 내 강연을 들었던 사람들이 바로 그 혜택을 받는 사람들이었다.

강연이 시작되고 처음에는 좀 무관심하고 분위기가 산만했다.

"내가 어느 나라 사람인 것 같습니까?"

나는 질문을 던졌다. 그러자 산만한 분위기가 조금은 가셨다. 다만 대답하는 사람은 없었다.

"나는 동아시아의 작은 나라 한국에서 왔습니다. 당신들처럼 꿈을 안고 갓 스무 살이 넘은 나이에 맨 몸뚱이로 그것도 혼자 미국으로 왔습니다. 영어는 정말 형편없었습니다. 식모로 왔고 식당에서 일했습니다. 결혼을 했고 실패했습니다. 딸아이를 둔 채 입대했습니다. 그 결과 저는 어떤 사람이 되었을까요?"

나는 분위기를 환기시키는 차원에서 다시 질문했다.

"현재 나는 미군 소령으로 예편한 사람이자 하버드 대학교 박사학위자입니다. 놀랍지 않습니까?"

"시간은 자꾸 갑니다. 하지만 같은 시간도 어떻게 쓰느냐에 따라 여러분의 인생이 달라집니다. 인생을 어떻게 살아야 되는 것인지 정확히는 저도 모릅니다. 다만 밀도 있는 인생만이 성공의 기회를 가져오고 행복한 미래를 불러오며 우리의 자손들에게 희망이 될 수 있다는 겁니다. 우리는 희망을 품고 이곳에 왔습니다. 그 희망을 이루는 것이 당면 목표이고 우리의 아이에게 바로 나 자신이 희망이 되어야 합니다. 그럼 어떻게 살아야 할까요? 그렇죠. 노력해야 합니다. 쉬고 싶고 돌아가고 싶은 나 자신을 버리고 땀과 피와 시간을 희생하면서 공부하고 일을 해야 합니다. 희생 없는 희망이란 없으며 고통 없는 성공이란 없습니다. 그 과정의 총합이 바로 성공이란 겁니다. 그 과정을 겪어 내고 우리의 자녀들에게 보여 주십시오. 자녀들이 관찰자가 되고 증인이 되는 겁니다. 그러면 그 아이들도 삶의 진실에 조금 더 다가갈 수 있는 겁니다."

"그러니 일어나십시오. 정부 보조금을 받았다고 실패자는 아닙니다. 제임스 브래독이란 복서를 아십니까? 그는 대공황 시절 정부 보조금으로 생계를 이었습니다. 아내와 세 아이에게 보잘것없는 아비였습니다. 그러나 그는 스스로 일어나 링에 복귀했고 챔피언이 됐습니다. 그가 다시 링에 복귀해 돈을 벌 수 있을 때 가장 먼저 한 행동은 그 보조금을 갚은 것입니다. 그 누구도 그에게 그 보조금을 갚으라 하지 않았습니다. 그렇지만 그는 그 시절을 잊지 않으려고 그런 행동을 한 겁니다. 여러분도 그럴 수 있습니다. 스스로 일어나 작은 성공을 거두고 희망을 움켜쥘 수 있습니다. 그리고 제임스 브래독처럼 훗날을 추억으로 기억할 인물이 될 수 있습니다."

나는 강연으로 잔뜩 고무되어 있는 청중들에게 나의 주제곡 〈바다여 산이여 하늘이여〉를 불러 주며 강연의 막을 내렸다.

"쓸쓸한 바닷가 / 외로운 새 한 마리 / 몰아치는 비바람에 / 길을 잃고 떨고 있네 / 꿈 찾아 홀로 떠나온 길 / 고향은 아득히 먼 곳 / 그러나 내겐 꿈이 있어 / 찬란한 희망의 꿈 / 바다여 산이여 하늘이 여 보아 주오 / 나래 펴고 날리라 / 저 높은 하늘로 / 훨훨 훨 훨 훠 어얼 훠어얼……."

내 노랫소리에 그들의 영혼이 타오른 것일까. 강연이 끝나기가 무섭게 그들은 나를 부둥켜안고 제각기 떠들어 댔다.

"박사님, 당신 덕분에 나도 희망이 뭔지 알았어요."

"선생님, 저 꼭 성공할 거예요. 이 지독한 현실에서 벗어날 겁니 다. 그때 저와 함께 식사해 주실 거죠?"

그런 중에 십대로 보이는 한 라티노 소녀가 내 손을 꼬옥 잡으며 조용히 속삭였다.

"저는 싱글 맘이에요. 어린 딸을 키우고 있는데 제 딸도 꼭 성아처 럼 키워 낼게요. 요즘 틈 날 때 일본 식당에서 아르바이트를 하고 있 는데, 시간이 되면 꼭 들러 주세요. 제가 식사 대접을 하고 싶어요."

그녀의 큰 눈망울이 잊히지 않는다. 빤한 생활비, 그럼에도 불구 하고 내게 식사를 대접하겠다는 그 마음이 정말 고마웠다. 먹지 않 아도 배부른 느낌으로 나는 그 강연을 마쳤다.

"와아! 서 박사, 정말 대단한데. 난 우리 학생들이 그렇게 뜨거운 가슴을 가지고 있는지 전혀 몰랐어. 그야말로 인센티브에만 관심이 있어서 출석하는 좀비같이 느껴졌는데 이렇게 단번에 열정이 깨어

꿈이 생명을 얻으면
희망이 된다

나다니! 이건 완전 기적이야!"

나를 강연에 초대한 친구 교수의 말에 뻐근할 정도로 가슴이 벅
찼다. 국내와 국외에 있는 동남아시아 사람들이 나를 대하듯 미국
의 라티노와 흑인들이 내게 열광해 주었다. 그들을 보며 내가 세상
을 바꿀 수도 있겠다는 자신감이 솟구쳤다. 바로 이것이 내 남은 인
생을 바쳐 이루어야 할 사명이라는 확신이 들었다. 밑바닥 삶의 경
험을 내게 베풀어 준 하나님이 고마웠다. 그 힘든 과정에서 포기하
지 않고 버텨 온 내가 고마웠다. 그리고 이 사명을 이룰 수 있도록
내게 기회를 준 세상이 고마웠다.

당신의 영혼을 일깨우는
죽비 소리가 되기를 희망하며

　사람은 누구나 이미 완성된 성공만을 보려는 경향이 있다. 각종 미디어와 사회의 인식이 '성공'에만 초점을 맞추고 있기에 더욱 그런지도 모른다. 하지만 성공이라는 결과 속에는 무수히 많은 고통과 희생이 내포되어 있다는 사실을 잊어서는 안 된다.

　희망은 지금까지 나를 이끌고 완성시켜 온 에너지이자 신앙이다. 그리고 앞으로도 그럴 것이다. 나는 나의 '신앙'을 전파하기 위해 부단히 노력해 왔다. 희망을 찾기 위해 노력하는 이들에게 '희망의 증거'로서 나를 제시하고 길잡이가 되고자 힘든 여정도 마다하지 않고 지금까지 먼 길을 걸어 온 것이다.

　나의 책과 강연을 접했던 이들은 지금 이 시간에도 내게 도움의 손길을 구하고 있다. 나는 그들에게 내가 누리는 성공과 행복의 한

조각이라도 나누어 주기를 바라는 마음으로 이 책을 펴낸다. 하지만 희망이란, 그리고 희망으로 이루어 낸 성공이란 그리 쉽게 얻을 수도, 가까이 둘 수도 없는 그 무엇이다. 오히려 쉽게 얻고자 할 때 성공은 더욱 멀리 달아나고 만다.

꿈을 꾸지 말라는 말이 아니다. 당신의 희망이 허황되다는 말도 아니다. 다만 그 이전에 자신을 돌아보고 내가 어떤 사람인지 알아 나가는 과정이 선행되어야 한다. 그리고 나를 어떤 인물로 만들어 갈 것인지 상상하고, 그 미래의 당신을 향해 다가가도록 실천해야 한다. 그 시간이 당신의 희망에 생명을 불어넣고 당신 머릿속에서 상상으로만 존재했던 새로운 당신을 만들 것이다. 건투를 빈다. 그리고 누군가에게 '희망의 증거'가 되어 줄 당신에게 감사의 마음을 전한다.

삶이 그러하듯 이 책이 독자들을 만나기까지는 많은 사람들의 도움이 있었다.

사실 자신들의 고뇌를 털어놓은 팬들의 편지를 대할 때마다 언젠가는 꼭 답을 해 주어야 한다고 생각해 왔지만, 마음만 앞설 뿐 차마 엄두가 나지 않아 막연하게 미래의 일로 미루어 왔다. 간절한 마음만큼이나 그동안 나는 마음의 소화불량 상태에 빠져 있었다.

알에이치코리아(RH Korea)의 양원석 대표와 이헌상 전무가 아니었다면 이 책의 탄생은 더 먼 미래의 어느 날로 넘겨졌을지도 모른다. 두 분은 이 책이 태어나기 위한 불씨를 일으킬 풀무의 스위치를 힘껏 눌러 주었다.

그 바통을 이어받아 작업을 진두지휘하며 불꽃이 활활 타올라 세상을 밝힐 수 있도록 신들린 듯 리드한 사람은 송병규 차장이다. 그는 처음부터 끝까지 이 프로젝트가 성공적으로 마무리될 수 있도록 이끌었으며, 수시로 참신한 아이디어를 내놓아 참여한 모든 사람들의 열정과 노력을 독려했다. 송 차장의 리더십 덕분에 우리는 목표를 향해 즐거운 마음으로 항해할 수 있었다.

너무도 방대한 자료 앞에서 엄두를 내지 못하고 있을 때 든든한 우군이 되어 준 김희재 님과 송여경 님에게도 감사의 마음을 전한다. 아무리 좋은 내용이라도 쓰는 사람과 읽는 사람 사이에 공감이 형성되지 않으면 메시지를 제대로 전달하기가 어렵다. 김희재 님은 그런 내 고민을 해결하는 데 중요한 역할을 했다. 그는 나의 머리와 마음에 실타래처럼 뒤엉킨 글의 실마리를 풀 수 있도록 끈기 있게 나를 어시스트해 주었다.

힘들게 쓴 원고를 예쁜 책으로 디자인해 준 김미성 부장에게도 감사의 말을 전한다. 원고가 빛을 보는 것은 디자인의 힘이라는 것을 새삼 느꼈다.

냉철한 독자의 입장에서 원고를 읽고 가감 없는 평으로 책의 질을 더욱 좋게 만드는 데 도움을 주었고, 또 내가 이 책을 쓰는 데 매진할 수 있도록 도와준 사람들이 있다. 오빠 서평건과 올케 원미화, 동생 서규호와 올케이자 매니저인 김인전이 그들이다. 또한 정신적으로 항상 내게 큰 용기와 힘을 주는 내 아이들, 성아와 성욱이……. 이 모두에게 마음 깊이 감사한다.

그리고 잊지 말아야 할 사람들이 있다. 무엇보다도 이 책이 태어날 수 있도록 내게 신뢰와 용기를 보내 준 팬들이다. 여기에 소개된 글들은 빙산의 일각에 지나지 않는다. 이 책을 통해 소개되었든 되지 않았든, 나는 내게 편지를 보낸 그들 모두에게 감사함을 느낀다. 그들은 내게 격려와 답을 구했지만, 그들이 전해 준 고뇌, 현실의 고통, 그리고 힘든 상황을 이겨 낸 도전의 이야기는 내가 힘들 때마다 오히려 나에게 희망과 용기가 되어 나를 일으켜 주었다. 이 책을 통해 제안한 답들이 그들을 일으켜 세우고 더 큰 성취와 행복을 이루는 멋진 원동력이 되기를 진심으로 기원한다.

마지막으로 하나님과 부모님 그리고 오늘의 내가 있도록 물심양면으로 도움을 준 모두에게 이 책을 통해 감사의 마음을 전한다.

2014년 여름, 서진규

이
존
립

이준립 화백은 화가란 자신의 혼을 불사르며 미지의 세계를 개척하는 탐험가라고 생각한다. 그래서 작업실에서 새로운 작품과 함께 시공간을 초월한 여행을 떠날 때가 가장 행복하다고 말한다.

그의 작품은 조화롭다. 형형색색의 나무, 꽃, 사람이 화면을 가득 메우지만 모두 함께 어우러진다. 그는 심안(心眼)의 렌즈를 통해 자연과 사람의 본질을 들여다보고 오염되지 않은 '순수'를 찾아내 화폭에 옮긴다. 그의 작품을 보고 있노라면 깨끗함과 편안함이 느껴지고 어느덧 순수해진 자신이 느껴진다.

Personal Exhibitions
진남문예회관(여수), M.A갤러리(일본 후쿠오카), 신세계갤러리(광주),
인사아트센터(서울), 예울마루(여수), 정갤러리(울산), 예술의전당(경주),
순천국제정원박람회기념초대전, 장사도해상공원, 롯데백화점 에비뉴엘(서울),
갤러리 소항(파주), 금보성아트센터(서울) 등

Art Fair
단야 아트페어, KOAS전, 한국구상대제전, 여수 아트페어, 부산 국제아트페어,
아트 광주, 홍콩 호텔 아트페어, KIAF전, WORLDS APART FAIR,
대구 아트페어 등

홈페이지 : www.johnlip.com
이메일 : 2lipss@hanmail.net

희망
수업

1판 1쇄 발행 2014년 8월 20일
1판 3쇄 발행 2014년 11월 12일

지은이 서진규

발행인 양원석
편집장 김순미
책임편집 송병규
전산편집 김미선
해외저작권 황지현, 지소연
제작 문태일, 김수진
영업마케팅 김경만, 정재만, 곽희은, 임충진, 이영인, 장현기, 김민수,
        임우열, 윤기봉, 송기현, 우지연, 정미진, 윤선미, 이선미, 최경민

펴낸 곳 ㈜알에이치코리아
주소 서울시 금천구 가산디지털2로 53, 20층(가산동, 한라시그마밸리)
편집문의 02-6443-8857 구입문의 02-6443-8838
홈페이지 http://rhk.co.kr
등록 2004년 1월 15일 제2-3726호

ISBN 978-89-255-5350-4 (03810)

RHK 는 랜덤하우스코리아의 새 이름입니다.